長編小説

淫術捜査

丘原 昇

竹書房文庫

目次

この作品は竹書房文庫のために書き下ろされたものです。

※本作品はフィクションです。作品内の人名、地名、団体名等は実在のものとは一切関係ありません。

第一章　くノ一刑事《デカ》

東京・霞ヶ関、警視庁本部の女子更衣室。天堂香純《てんどうかすみ》は通勤着の紺ジャケットをハンガーに掛けると、襟《えり》なしのカットソーを頭から引き抜こうとした。

「あ〜っ、それアムスタイルのブラじゃないですかあ」

すぐ背後で素《す》っ頓狂《とんきよう》な声が上がり、思わず香純はたじろぐ。急いで服を脱ぎ、視界が開けると、水島由奈《みずしまゆな》が立っていた。

「なんだ、由奈ちゃんか。ビックリするじゃない」

「だってぇ、私も前から欲しかったんだもん、『天界のブラ』。わあ、やっぱり可愛い。もう、香純先輩だけずるーい」

由奈は心から羨《うらや》ましそうに香純の胸元を見つめる。ほとんど涙目だ。

同性からとはいえ、あまりの凝視に香純は照れ臭くなり、あわててカッターシャツを羽織った。

「なら、由奈ちゃんも買えばいいじゃない。ネット通販で十五パーオフだったし」

由奈は捜査二課の総務にいる事務職員だ。年次も四年ほど隔たりがあり、香純とは配属も身分も違う。

だが、香純はこの後輩が好きだった。

「ところで由奈ちゃん、こないだ言ってた合コンはどうなったの」

「あー、レスキュー隊との一件ですよね。あれ、ダメダメでした」

由奈は言いながら、自分もロッカーを開けて着替え始めた。

先に婦警の制服に着替えた香純は、コンパクトを覗いてメイクを整える。

「ダメって？　いい男がいなかったとか」

「そうなんですぅ。聞いてくださいよ、先輩。私、レスキューって言うから、もっと男らしい人を期待してたのに、もろマザコンだったんですよぉ」

「本当に？」

「大マジですよぉ。香純先輩なんかが見たら、絶対キレまくってますから」

話に耳を傾けながら、香純はなにげに後輩を見る。由奈はリブ編みのニットソーとフレアスカートを脱いで、ブラとパンティだけになっていた。

「あれ、由奈ちゃん。もしかして痩せた？」

「あーっ、わかります？　実はそうなんですよぉ」

「じゃあ、ジム通いもまだ続いているってわけだ」

「もちろーん。あ、そうそう。そういえば、私の通ってるジムのトレーナーが結構イケメンなんですよね」

「ああ、なるほど。それで」

「よかったら、香純先輩も一緒に行きますか」

いつしか由奈も着替え終わっていた。香純と違い、一般女性職員用の地味な紺色ベストとスカートの組み合わせだ。

やがて香純は由奈を従えて、更衣室から廊下へと出た。

「せっかくだけど、私はいいや。ジムとか通わないタイプだから」

「そっかー。残念だけど、先輩の場合は研修会とかもありますもんね」

「うん。まあ、そういうわけでもないんだけど――」

更衣室は地下一階にあった。二人はいったん非常階段から一階のエントランスまで上がり、そこからエレベーターホールに向かう。

朝の出勤時間ということもあって、エレベーターは混んでいた。乗り込んだ由奈は香純の耳もとに囁《ささや》くようにして話を続けた。

「先輩、ならジムはどうでもいいから、今度こそ合コンに付き合ってくださいね。いい話があったら誘いますから」

しかし、その声は狭いエレベーター内では筒抜けだった。周囲から無言の視線を浴びて、香純は瞬《また》く間に耳を赤くする。

「ちょっと由奈ちゃん。その話はまたあとで」

「……ごめんなさい、先輩」

しょげ返る由奈を見て、少し気の毒になるが、誰に聞かれているかわからない。当たり前だが周りは警察官だらけなのだ。プライベートをとやかく言われる筋合いはないものの、職業柄、軽はずみと思われる言動は慎みたい。

おまけに警察というところは、とかく噂が広まりやすい組織でもあった。

「じゃあ、私はここで。またね、先輩」

由奈は捜査二課のある四階で先に降りた。

「うん。由奈ちゃんもがんばって」

見送ると、香純は一人になった。そもそも各フロアにも女子職員の着替えるスペースは設けられている。だが、部署によっては狭かったり、使いにくかったりした。そこで更衣室が完備されていない部署の婦警や職員が、ゆったりと使えるようにと作られたのが地下一階の女子更衣室だった。

香純が由奈と仲良くなったのも、更衣室で顔を合わせるようになってからだ。階段を上り下りする不便さはあるが、縦割り社会の警察で、他部署の人間と近づきになれるメリットもある。あらゆる噂の類《たぐい》も、余さず耳にすることができた。

五階に止まると、どやどやと制服姿の幹部が乗り込んでくる。

「おはようございます」

香純は小さく会釈して挨拶した。だが、挨拶を返す者はいない。みな自分たちの話に夢中になっているらしい。

「また新宿で発砲事件だ」

「今度はベトナムとロシアの争いだってな。まったくあいつらときたら、街中でも平気ですぐ撃ちやがる」

「そうですよね。まずは弾《たま》を封書で送りつけるとか、せいぜい事務所の硝子《ガラス》窓に撃ち込むとか、そういった段階を踏まないですから」

「なんにせよ、供給を止めなきゃ話にならんな」

この半年ほど、都内で発砲事件が多発していることは香純も承知している。ほとんどがマフィア絡みで、国内勢力も争いに加わっていた。使われる銃器も重装備な物が目立ち、対応する警察では密売ルートを懸命に洗っていた。

そのため、組織犯罪対策部がおかれている五階と六階は、普段より慌ただしい様相を見せていたのだ。

十三階から十五階は公安部のフロアになっている。香純が降りたのは、公安部総務課のある十四階だった。

廊下を進むと、いかつい顔をした男がすれ違う。

「おはようございます」

香純は軽く会釈しながら挨拶するが、相手の男はジロリと横目で見ただけだった。同じフロアで何回か見かけたことのある顔だった。名前も階級も知らないが、公安部には内部の者でも正体を知らないメンバーがゴロゴロいるのだ。

朝の公安部総務課庶務係は静かだった。フロア奥にあるデスクには、「庶務係の主《ぬし》」と言われるベテランの日景《ひかげ》係長の姿が見える。

「おはようございます、係長」

「うん、おはよう」

挨拶は一応返すものの、日景は俯《うつむ》いたままだった。いつもこうだ。文字通り窓際の席を陣取り、十年一日のごとく庶務に明け暮れている。

うか）

（警察官を志したからには、自分の手で犯罪者を捕らえたいとは思わなかったのだろ
以前は、香純もこの地味な上司について思ったものだった。だが、今は違うと知っている。日景は裏方仕事を自らの使命としているのだ。

「係長、お茶を入れ替えましょうか」

だから、香純もつい親切にしたくなる。しかし彼は言った。

「いや、いいよ。そのうち湯川《ゆかわ》さんがやってくれるから」

湯川杏子《きょうこ》というのは、去年の春に庶務係へ配属された新人婦警だ。男女平等参画社会の昨今、旧態依然としているが、朝の掃除やお茶汲みはいまだに新人婦警がやるものという不文律があった。

だが、肝心の杏子の姿が見えない。

「その湯川さんですけど、今日はまだ出勤してないんですか」

「いやあ……いたよ、確か。掃除してたんだけど」

日景の返答を聞いて、香純は少しホッとした。遅刻でもしているのかと思っていたからだ。

ところが次の瞬間、部屋の奥から重いものが崩れる音がした。

「キャアーッ」

さらに絹を裂くような女の悲鳴。パーティションに遮られて見えないが、書類棚のある方からだった。香純は急いで駆けつける。

「どうしたの——あっ」

「ごめんなさーい」

スチール棚がひしめく室内で、湯川婦警が尻餅をついていた。周りには棚から落ちた資料が散乱している。

香純はしゃがんで後輩の安否を気遣《きづか》う。

「大丈夫？　ケガはなかった」

「ええ。棚を掃除しようと思ったら、いきなり——」

見上げると、書類棚の上の方を掃除しようとしていたらしい。

「湯川さん、あなたが真面目にやってくれていることはわかっているわ。だけど、自分では無理と思ったら、応援を頼まなければいけない。そのことは前から言ってるでしょ」

「はあ、すいません」

新人婦警はキョトンとした顔をした。まるで今初めて聞いたようだが、実際は香純が言うようにずっと以前から注意されていたのだ。

「もうここはいいから、日景係長のお茶を入れ替えてあげて」

「はい、わかりました。すみませんでした、天堂さん」

杏子はガッカリした顔をして立ち上がる。彼女も悪気があったわけではないのだ。

香純は少し気の毒になり、後ろ姿に声をかけた。

「今度またランチで牛ヒレ御膳食べに行こうね」

すると、とたんに杏子は嬌声《きょうせい》をあげる。

「わあ、行きましょう。あれ、すっごく美味《おい》しかったです」

現金なものだとは思ったが、香純も杏子が元気になってうれしかった。二十七歳ともなると、それなりに後輩も増えてくる。彼女たちを育てるのも、先輩警官としての務めだった。


警視庁公安部総務課庶務係史料室。香純が配属されている部署の正式名称だ。

公安部史料室はその名の通り、公安部の歴史的資料が収められている。部内の人間なら閲覧自由だが、入室時には必ず記録を残さねばならない。また、史料を持ち出すことは厳禁されている。

香純はこの史料室に配属されており、入退室の受付や史料の保管整理をするのが務めだった。

史料室に配属されているのは香純ともう一人だけだ。十メートル四方ばかりのスチール棚に埋め尽くされた部屋を訪ねる者はほとんどいない。日がな史料室にこもり、図書館の受付のような仕事は、退屈であった。

だが、それは表向きな姿だった
(あっ……)

デスク周りを拭いていると、奥の棚がキラリと光るのが見えた。合図だ。

香純は周囲を窺《うかが》い、史料室のドアの鍵《かぎ》をかける。しばらく誰も入室できないが、この時間に訪れる者もいないだろう。

それから光った棚へ近づくと、何冊かの史料を取り出し、奥の壁に手を伸ばして隠れていたスイッチに触れる。

すると、重い音をたてて奥の壁が開きはじめた。香純が手前の棚を引くと、史料を満載した什器《じゅうき》がいともたやすく手前に動く。一見すると、床には何の仕掛けもないようだが、実は天井に棚を開閉するためのレールが設けられているのだ。

香純は棚の隙間から、するりと壁の奥の空間へと滑りこむ。

「おはよう、天堂君」

待ち構えていたのは、斉藤輝正《さいとうてるまさ》警視だった。公安部総務課庶務係史料室長。年齢は今年五十歳。たった一人しかいない部署に対し、警視庁はわざわざ統括責任者をおいた。だが、それには理由があった。

「おはようございます、室長」

香純は上司がいたことに、さほど驚かなかった。ただ表情は、先ほどより引き締めていた。

史料室の奥に隠し部屋があることを知っているのは、公安部部長以外には、輝正と香純の二人だけだった。否、警視庁全体でも他には総監しか知らない。

「新しい任務ですね」

香純は言いながら着座する。輝正は重く頷《うなず》いた。

「北絡みだ」

北朝鮮関連の案件と聞き、香純に緊張が走る。

実は、公安部史料室の肩書きは表向きに過ぎない。輝正と香純には裏の顔があった。総監直属の特殊捜査班、「公安部特殊諜報課」のメンバーだった。

二人に与えられた任務は、外国人スパイの摘発、テロ集団の調査・逮捕、政府要人の護衛など多岐にわたるが、とくに通常の公安部による捜査では対処しきれない案件の処理を期待されている。

そして、ときには超法規的な解決法も厭《いと》わない。となれば政府、あるいは警察組織としては、絶対に表沙汰にはできない秘中の秘である。そのため特殊諜報課は、通称「御庭番《おにわばん》」などとも呼ばれる。英語では「Guard of inner Garden」、略して「G２」と称されていた。

輝正は板についた制服姿で案件を説明し始める。

「天堂君は、ビットコインについては詳しいのか」

「ええ。一般的な知識くらいはあります。仮想通貨のことですね」

香純は少し肩すかしを食らった感じがした。北朝鮮と聞いて身構えていたのに、ビットコインとはなんのことだろう。

その疑問に輝正がひと言で答える。

「仮想通貨を使って、北朝鮮が外貨稼ぎをしているらしい」

ビットコインとは、インターネット上で使える通貨で、「仮想通貨」「暗号通貨」などとも呼ばれる。日本円やドルなどの法定通貨と違い、国境に関係なく取引に使え、送金手数料も安いと、利便性も高いものだ。

だが、現在注目されているのは、仮想通貨が株式のように取引所で売買されることによる投機的側面からである。二〇〇九年に誕生したときは、一ビットコインが〇・〇九円だったのが、二〇一七年には二百五十万円を超える高値をつけた。単純計算でも二千五百万倍以上に高騰したことになる。

経済制裁に喘ぐ北朝鮮が目をつけるのも無理はない。

「まずは、この資料に目を通してくれ」

「はい」

香純は上司からファイルを受け取る。中身は、雑多な記事の切り抜きと仮想通貨に関する基礎知識のようなものだった。

輝正は説明を続けた。

「昨年五月以来、北朝鮮が韓国の仮想通貨取引所にサイバー攻撃を仕掛けているとの報道があったのは覚えているな」

「ええ。ニュースで見ました」

「だが、そのさいに大量のビットコインが盗まれたことは知っていたか」

問われて香純は意外そうな顔を上げた。

「いいえ――被害額は？」

「三千八百枚。当時のレートで十六億円相当だ」

一カ所の取引所から盗まれたとしたら、かなりの金額だ。現在の北朝鮮指導者は就任以来、サイバー部隊の育成に力を入れてきたと言われる。実際、韓国取引所をハッキングしたのも、このサイバー部隊によるものと思われた。

だが、さらに輝正は衝撃的な事実を告げる。

「この動きに連動して、どうやら北は日本にも目をつけているらしい」

「……なにか兆候でも？」

思わず香純が身を乗り出すと、輝正は深く頷いた。

「昨年九月、国内の取引所でも、サーバーの不具合が発生するということが数件あった。ちょうど同じ頃、中国が仮想通貨取引所の閉鎖を発表したこともあり、市場が大暴落している最中だったから、正確なことはわからなかったが」

しかし、わからないのは、なぜ特殊諜報課にお鉢が回ってきたかということだ。サイバー空間は香純の管轄外だった。ハッカー相手なら、ほかにふさわしい人材がいるはずである。

だが、香純がそう考えるであろうことは輝正も予想していたようだ。

「連中が日本で企んでいるのはハッキングではない」

「では、いったい何を――」

「おそらくは仮想通貨取引の拠点作りが目的と思われる。中国の取引所閉鎖でダブついた中華マネーによるビットコインを捌《さば》いて儲けようというつもりらしい」

取引所が閉鎖されれば、投資した金は動かせなくなる。そこで困った中国人投資家の肩代わりをして、資金を日本に移し、利ざやを稼ごうというのだろう。

ちなみに、中国人が日本で仮想通貨を取引すること自体は違法ではない。しかし、第三者である北朝鮮組織が間に入ることで、架空名義を使った口座開設など、さまざまな偽装工作が想定される。さらには、膨大な中華マネーを悪用し、仮想通貨市場を混乱に陥《おとしい》れられる可能性もある。

もしそんなことになったら、日本の経済にも深刻な打撃を被るだろう。ようやく香純にも任務の全貌が見えてきた。

「つまり、われわれのすべきことは、その拠点と首謀者を見つけることですね」

「そうだ。すべてを解明し、稼働前に壊滅することだ」

輝正は言うと、鋭い眼光で見据えてきた。自ずと香純は姿勢を正す。

「了解しました、室長。早速捜査にかかります」

香純はすっくと立ち上がり、直立不動で敬礼した。輝正が答礼し、小さく頷くと、彼女は回れ右をして、隠し部屋から出ていった。

夜十時過ぎ、香純は六本木に立っていた。だが、服装は安っぽいフェイクファーのロングコート、メイクもどぎつく派手なものだった。髪も金髪に近い色のウィッグを被っており、すっかり夜の蝶になりきっていた。

(こんな姿を同僚に見られたら、戒告じゃ済まないかもね)

香純は心の中で自嘲気味に笑うが、おそらく同僚が見ても、すぐに彼女とはわからないはずだ。それほど変装は完璧だった。

実は、香純は戦国時代から続く甲賀《こうが》忍者の末裔《まつえい》だった。武田信玄ゆかりの「歩き巫《み》女《こ》」と言われるくノ一集団を祖としている。歩き巫女は流浪の遊女に扮《ふん》し、口寄せや舞を見せながら、全国から情報を集めたと言われる。

しかし、時代が戦国から徳川の泰平の世へと移り変わり、さらに明治維新を迎えると、忍者は自然消滅していく――かに思われた。ところが、裏では脈々と忍びの血は受け継がれていたのである。

そして香純もまた、幼少からくノ一としての技芸を叩きこまれた。変装術も「七方《しちほう》出《で》」と言われる忍術のひとつだった。

「お姉さん、これから出勤？　よかったら稼げる店を紹介するよ」

通りを歩いていると、早速飲み屋のスカウトに声をかけられる。まさか彼女が警察官だとは思いもしないのだろう。

「ごめんね、今急いでるから。今度また聞くわ」

香純は遊び人になりきって、さりげなく行き過ぎようとする。すると、スカウトマンはすかさずコートの袖《そで》を捕まえた。

「冷たいじゃん。今のお店、時給いくらよ。二千五百？　三千？　うちだったらもっと出せるんだけどなあ」

しつこい男だ。しかたなく香純も足をとめる。

「うっさいなあ、もう。わかったよ、名刺ちょうだい」

「おお、名刺ね。ちょい待ち」

香純が蓮《はす》っ葉《ぱ》な口調で言うと、男はあたふたとポケットを探り出す。香純が有望と思ったのだろう。要するに、仕事熱心なのだ。

「あったあった。はい、これ。何軒か紹介できるから」

香純は差し出された名刺を受け取りながら、ことのついでのように訊ねた。

「ちなみになんだけど、ここのお店ってバックはどこなの」

「へ？　バックって……なんでそんなこと気にするわけ？」

妙なことを聞くやつだと思ったのだろう。男の顔に警戒の色が浮かぶ。

しかし、香純はかえって強気に出た。

「なんで、って。移籍するんだったら、気にして当然でしょ。あんた素人《しろうと》？」

逆ネジを喰らわされて男は焦りだした。

「いやいや、そんなんじゃないって……覇龍会《はりゅうかい》だよ。あんただって知ってんだろ。いわば大手よ、大手。だから給料だってバッチリ」

「オッケー。わかった、またねー」

必要なことが聞けたら用はない。香純はさっさと歩き出した。

六本木で内偵を始めたのは、輝正の情報によるものだ。北朝鮮による仮想通貨拠点作りには、国内の協力者がいるという。怪しいと睨《にら》んでいるのは、広域指定暴力団の覇龍会。覇龍会と言えば、六本木界隈にいくつかの店を構えている。協力への見返りとして、北朝鮮が覇龍会へ銃器を流しているらしい。

その裏取りをするために、街に溶けこむ恰好《かっこう》で歩き回っていたのだ。

(この店、最近できたみたいね)

香純は男にもらった名刺を見ながら独《ひと》りごちる。記された店は三軒あった。そのうち「グランワールド東京」という名前は目新しい。スマホで調べると、欧米式のショークラブのようだ。わかりやすく言えば、巨大なストリップバーである。

（よし、ここに行ってみるか）

ストリップバーなら外国人客も多い。北朝鮮工作員がいても、見た目だけではわからないだろうが、妙な日本語を使っていても目立たないという利点はある。

今回の案件で難しいのは、仮想通貨を使ったものであるということだ。株やＦＸと違い、歴史の浅い仮想通貨は法整備が未熟だった。だから北朝鮮絡みとわかっていても、通常の捜査ではうかつに手を出せない。

だからこそ、特殊諜報課の出番となったわけである。

香純は六本木通りを青山方向に向かい、途中の横道で折れた。道は細い路地ほどになるが、通りの雑踏はそこまで続いている。

店の場所はすぐにわかった。「グランワールド東京」と描かれた電飾看板が煌々《こうこう》と輝いていたからだ。

「いらっしゃいませ。ようそこグランワールド東京へ」

店のフロントで黒服が出迎え、香純のコートを受け取る。

店内はうす暗いが、どぎつい配色の照明で視界が利かない。ようやく目が慣れてくると、フロアはかなり広いことがわかった。前方に円形のステージがあり、ボックス席には大勢の酔客が騒いでいる。店は盛況のようだ。

コートの下は、身体にピッタリと貼りついたワンピースを着ていた。スパンコールの付いた紫色の安手なものだ。香純はピンヒールをことさら意識するように歩く。なるべく踵《かかと》を立てるようにすると、おのずと腰がしゃなりしゃなりと揺れた。

するると、ボックス席から下卑《げび》た声とともに一本の腕が伸びる。

「お、姉ちゃんいい女じゃねえか。出番は何時？」

酔客が踊り子と間違えたらしい。スーツ姿の男の手が、まさに香純の尻を触ろうとしていた。

反射的に香純は男の手首を取った。

「今日の出番はないよ。気やすく触んな、オッサン」

「……なんだよ、怒ることないだろう」

香純のきつい台詞《せりふ》に、酔客はすごすごと腕を引っ込める。だが、派手なメイクと見事なボディラインで、彼女はすでに何人かの注目を引いていた。

カウンターでは、体格のいいバーテンが話しかけてくる。

「カクテルでも作りましょうか」

香純は素早く観察する。二の腕が太く、胸板も厚い。しかし、筋肉の付き方からすると、格闘家ではなくボディビルダーだろう。見せるための肉体だ。

「あたし、お金ないんだ。一杯だけ奢《おご》ってくれない？」

香純が言うと、バーテンの表情が苦々しげになる。カウンターにだらしなくもたれ、タダ酒をねだる女が、まともな客ではないと気づいたのだろう。

巨体のバーテンはギロリと目を剝《む》いた。

「お前さん、この店で売りしようなんて考えてるんだったらやめとけよ」

「あら、なんの話？　あたしはお酒が飲みたいだけよ」

香純は焦ったふりをしながら、内心ほくそ笑んでいた。予想通りの反応だ。

しかし、誘導されているとは知らないバーテンは威嚇《いかく》するよう近づいてくる。

「わかってねえな。ここは覇龍会のシマだ。お前なんかが荒らし回って、ただで済むと思ってんのか」

「ふうん。ただで済まないなら、いくらくれんのよ」

華奢《きゃしゃ》な女一人に舐《な》められて、ついにバーテンの忍耐も限界を超えてしまう。

「クソ女が……おい」

しかし、手は出してこない。代わりに彼は手で合図をすると、どこからか別の男が現れて、香純の背後をとった。

「店で騒がれちゃ困るんですよ」

現れた男は体格こそバーテンより小柄だが、目つきが鋭く、油断ならない雰囲気を持っていた。こちらが本当の用心棒なのだろう。

ところが、香純はわざと取り乱したふりをする。

「ちょっとぉ、やめてよ。暴力をふるうつもり？」

「お客さん、大声でわめくのはやめ――」

用心棒があわてて口を塞ごうとした。香純はますます騒ぎ立てる。

「いやあっ、助けてぇ。乱暴はやめてぇ」

「ちょっ……おいっ、騒ぐなって言ってんだろ」

男が背後から羽交い締めにしてきた。それでも香純が暴れるので、さらに別の男が加勢しに駆けつける。

「やめてよ、離してよ！」

「いいから。来いっ」

「大人しくするんだ」

この騒ぎに何人かの客が気づいていた。香純は用心棒たちに連行されて店の裏へと消えていく。さすがの彼女も屈強な男二人には敵《かな》わない——というより、最初からこうなるのが香純の狙いだった。

バックヤードへ連れて行かれた香純は、そのまま裏口から放り出されそうになっていた。

「さあ、わかったらさっさと出て行くんだ」

「二度と顔を見せるんじゃねえぞ」

用心棒に両脇を抱えられ、香純は必死に抵抗する。

「ちょっと、あたしのコートが預けたままなんだけど」

「そんなものは、あとで持ってきてやる」

「いいから暴れるなって……いてっ、何しやがる」

「悪かったわ。お酒のことは謝るから。あたしは踊りたいだけなの」

これを聞いたとたん、男たちの手がとまった。チャンスだ。香純は追い打ちをかけるように続けた。

「踊りなら自信があるの。一回見てくれたらわかるわ」

すると、用心棒たちはしばらく話し合い、一応店長に話してみようということになった。迷惑な女客の美貌に改めて気がついたらしい。

店に潜入してから十分ほどで、香純は求職中のダンサーを騙《かた》り、店長のいる事務所にたどり着いていた。

「失礼します」

用心棒の一人が声をかけ、事務所のドアを開ける。

室内は質素だった。一応デスクや棚は木製だが、さほど高級なものではない。しいてあげれば、来客用のソファが本革張りなくらいである。

デスクの向こうには、スーツを着た中年男が座っていた。

「なんだ。今取り込み中なんだがね」

不機嫌そうだ。用心棒が恐縮して答える。

「す、すいません、店長。このアマがうちの店で踊りたいなんて言うんで」

「俺たちは追い返そうとしたんですが、女がしつこくて」

相方も弁解に加勢する。バックが暴力団だけあって、上下関係には厳しいようだ。

「わかった。もういいから、お前たちは店に戻れ」

店長に言われて、用心棒たちはホッとしたように部屋を出る。

後には香純だけが残された。だが、室内には先客がいた。その男は、用心棒たちがいるあいだ、ひと言も口を開かなかった。

（この男、危険だわ）

香純はひと目で男が要注意人物であると見抜いていた。先ほどの用心棒たちなどより目つきが冷たく鋭い。肩から胸にかけてが分厚く、しかも動ける筋肉をしていた。なにより全身から放たれる殺気が尋常ではない。

店長は待たせていた男に声をかける。

「スケジュールは承知しました。なにか妙な動きがあればお知らせします――ところで、どうです。たまにはダンサーの面接でもご覧になっていかれては」

明らかに店長がかしずいている。男のほうの立場が上ということだ。

この男は怪しい。香純はもう少し正体を探りたかった。

「いいよぉ。そっちのお兄さんも見ていきなよ。あたしなら、舞台がどこだろうと男の目を釘付けにする自信はあるから」

店長に口添えして引き留めようとしたのだが、男はあっさり言った。

「今日はやめとく。素人の踊りを見てもしょうがないしな」

「ちょっ……」

香純はなおも食い下がろうとするが、途中で言葉が途切れてしまう。男の冷たい眼光に死の匂いを感じたからである。

店長も無理に引き留めようとはしなかった。男はそれ以上何も言わず、部屋から出て行ってしまった。

「さっき店にいたらしいが、うちの舞台は見たのかね」

話しかけられているとわかり、香純はハッと我に返る。それだけ出て行った男に気を取られていたのだ。

(あの男とは、必ずまた会うことになる)

彼女は確信していた。名前すらわからなかったが、男は覇龍会の者だろう。そして、それなりの地位にあることは間違いない。年齢は四十歳そこそこといったところか。

香純は気を取り直して笑顔を作った。

「見たけどぉ？　それがなにか」

「いや、見たのならわかるだろう。うちの店は、主に北欧とか東南アジアから連れてきたダンサーが中心だ。日本人はほとんどいない」

「けど、『グランワールド東京』っていうくらいだから、日本人ダンサーがいてもおかしくないでしょ」

強引な抗弁に店長はうすく笑った。見下しているのだ。

「たしかに理屈ではそうなるねえ。ところで、あんた名前は」

「前のお店では、サリーって呼ばれてたけど」

「サリーねえ……まあ、よほど自信があるようだから、とりあえずは踊りを見せてもらおうか」

「望むところよ」

香純が胸を張って答えると、店長はデスクから受話器を取った。

「――マネージャーか？　すぐ事務所に来い。ダンサーの面接だ」

すると、五分しないうちに若い男のマネージャーが部屋にやってきた。

店長の合図で、マネージャーがＣＤプレイヤーを再生する。すぐにヒップホップのアップテンポな曲が流れはじめた。

「ポールはそこにあるだろう。やってみせてくれ」

見ると、たしかに応接セットの脇にポールが立っている。普段からここで面接を行っているのだろう。

「オッケー」

香純は気軽に答え、ポールに近づいた。観客は、椅子にふんぞり返った店長とマネージャーの二人だ。彼女は見られないように深呼吸する。

（やってやれないことはない……）

香純は、ポールダンスの経験はない。しかし忍術の修行の一環として、あらゆる舞や踊りは習得してきた。身体能力にも自信はある。あとは見よう見まねでなんとかするしかなかった。

「おい、早くやれよ」

「大丈夫なんですか、あの女」

店長とマネージャーが疑わしそうに言い交わす。

香純は目を閉じて、音楽のリズムに耳を傾ける。

（――スリー、フォー、ファイブ、シックス、セブン、エイト）

八カウントまで数えると、おもむろにポールをつかんだ。

「お、やっと始まったようだな」

遠くに店長の声が聞こえる。香純は無視して音楽に集中した。

バスドラムの重低音が腹に響く。子宮を突き上げるような感覚だ。タイトスカートの脚が持ち上がり、ポールに巻きついた。

（ああ、なんだろうこの感覚）

香純は何も考えていなかった。勝手に体が動いていく。引っかけた脚のふくらはぎで体重を支えると、ポールをつかんでいた手を離し、思いきり背中を反らしてポーズを作った。

「フォーッ。いいぞ、もっとやれ」

「変則的ですけど、悪くないですね」

男たちのウケも悪くないようだ。曲はますますヒートアップする。繰り返されるリズムとダンスは原始的な衝動をあらわにさせる。安物のワンピースの下は、肌から滲《にじ》み出す汗でじっとり湿っていた。

ふたたび香純はポールを捕まえ、後ろ向きになった。

「ハッ」

短く気を吐きながら、片脚ずつハイヒールを脱ぎ捨てる。裸足になると肩幅に開いて踏ん張るようにし、尻を左右に振りながら腰を落としていった。

見られている。香純は男たちの熱い視線を感じていた。必要な情報を得るためにした潜入捜査だが、この瞬間だけは一人の踊り子と化していた。

(そろそろ、どこかでやめなきゃ……)

自分でもヒートアップしていくのがわかる。だが、ワンピースの下はＴバックしか穿《は》いていない。変装は下着まで及んでいた。

ジリジリと腰を落としていくと、反対にワンピースの裾《すそ》が持ち上がっていく。

(お尻を見られちゃう――)

羞恥と焦りがない交ぜになる。下半身がスースーする。

もはや尻肌があらわになる寸前、香純は立ち上がって回避した。その代わりに後ろを向いたまま、今度は背中のジッパーを下ろし始めた。

(何も全部見せる必要はないんだわ。焦《じ》らしてやる)

踊りながら彼女はコツをつかみかけていた。寸止めが効果的なのだ。ジッパーを半分まで下ろすと、彼女はいきなりポールに飛びついた。

「おおっ」

「やりますね」

香純の身のこなしに男たちも感嘆の声をあげる。

そこはくノ一だけあって、身軽さならお手のものだ。突然身長ほどの高さまで飛び上がり、脚だけで身体を支えるなど、キャリアのあるダンサーでも難しい技を次々と繰り出していった。

そうしてたっぷり五分ほども踊ると、ようやく音楽が止まった。

「いやあ、よくわかったよ。あんた、なかなかの踊り手だな」

店長は手放しで香純を褒めた。マネージャーも同調する。

「こんな逸材がいたんですね。すぐにメインステージを張れますよ」

だが男たちから絶賛され、香純はとまどってしまう。少しやり過ぎただろうか。あくまで調子を合わせるつもりで踊ったのが、つい本気になってしまった。本気で雇われたいわけではない。

「わかったんならいいよ、あたしが踊れるってことがね。なら、明日また来るからさ、それまでに契約内容とか考えておいてよ」

「いいだろう。マネージャー、明日までにサリーの契約書を作っておけ」

「わかりました。じゃ、サリーは十八時頃にまた来てくれればいいから」

とっさの引き延ばしで何とか難は逃れた。香純は服を整えて言った。

「オッケー。んじゃ、また明日」

そのまま部屋を出ていこうとする——が、そのとき香純の鼻孔が特殊な匂いをとらえた。

幼少から忍術を叩きこまれた彼女は、五感も極限まで鍛え上げられていた。人間の発する匂いから、おおまかな感情の変化くらいはわかるほどである。

誰かの残り香だった。うっすらとだが獣《けもの》じみた死の匂い。さっきまで事務所にいた目つきの鋭い男のものだ。その不気味な体臭に混じって、工業的な油の匂いがかすかに感じられた。

(イズマッシュ社製のＰＰ－19……)

香純は、それがロシアの銃器メーカーの短機関銃に使われるガンオイルだとわかった。銃器の手入れに使われるガンオイルは、各メーカーが独自のものを使っていることが多い。銃器に関する知識と、人並み外れた嗅覚により、香純はそれと気づいた。

(だけど、ここには置いてない)

匂いはあまりにも微細だった。店が銃器の密売取引に使われているわけではないだろう。追うなら消えたあの男だ。

「じゃあ、店長またねー」

「うむ。待ってるよ」

有望な新人を獲得したと思い込んでいる上機嫌な店長を残し、香純は事務所を出て、「グランワールド東京」を後にした。

やはり輝正の情報は正しかった。ストリップバー――覇龍会――謎の男と短機関銃の匂い。ロシア製の武器なら北朝鮮が絡んでいる可能性は高い。最終目的である仮想通貨取引拠点を潰すためにも、まずは銃器密売の線から追っていくのが間違いないように思える。

店を出た香純は考え事をしながら歩いていた。すると、背後から小走りに近づいてくる足音がする。内偵がバレたとは考えにくいが、何か怪しまれたか。さりげなく歩き続けながら、近づく足音に意識を集中させた。

「待って。ねえ、ちょっと待ってよ」

すがるような女の声だった。思わず香純は立ち止まって振り返る。

追ってきたのは若い女だった。舞台映えする濃いメイクでわかりにくいが、香純と同い年くらいだろうか。

「あー、よかったあ。ね、少しだけ話を聞いてほしいの」

息を切らせた女はホッとしたようだった。膝まであるダウンジャケットを着ているが、胸元と脚は肌を露出させている。近くで見ると、年齢は二十代後半くらいと思われる。「グランワールド東京」で踊っているダンサーらしかった。

香純は憮然とした顔を作って応じた。

「なんなの、あんたは」

「あたし？　あたしは清水昇太郎《しみずしようたろう》の妻です。佳乃《よしの》と言います」

生活に疲れた影は見えるが、口調はしっかりしていた。だが、香純には彼女が何を言わんとしているか見当もつかない。

すると、佳乃も自分の考えに自信がなくなってきたようだった。

「ええと……あのう、金融の方ですよね」

「金融？」

「だって……さっきお店でいろいろ聞いて回っていたようだから。てっきり——」

佳乃の話を聞いて、ようやく事情が呑み込めてきた。

彼女の夫・清水昇太郎はギャンブル好きが高じて多額の借金をしていた。返せる当てはなく、佳乃が働いて穴埋めをしているが、まるで追いつかない状況だという。

そんな折、店に現れた香純を見かけたのだ。

「最初は女の人だし、関係ないと思いました。でも、スタッフと事務所へ向かったのを見て、きっと昇太郎を探しに来たに違いない、と思ったんです」

彼女は香純を金融屋の人間と勘違いしたらしい。

（なるほど。妻が夫を匿《かくま》っているわけね）

捜査には無関係な話のようだ。香純としては、このまま立ち去ってもかまわない。

だが、何かが彼女を踏みとどまらせた。それは理屈ではなく、特殊捜査官としての一種の勘のようなものだった。

「その旦那さんなんだけど、少しは借金返済の努力はしているの」

「え……ええ、それはもちろん。彼もただ遊んでいるわけじゃありません。今のお店だって、夫のツテで働かせてもらえるようになったんです」

勘は当たった。聞けば、昇太郎はどうやら覇龍会の構成員らしい。もう少し話を聞いてみようと思う。なにか重要な情報を得られるかもしれない。

香純はダンサー志望のカバーストーリーを捨てることにした。

「佳乃さん、実を言うと私はある探偵に頼まれていたの。依頼人は言えないけど、調べていたのは店長よ。店の女の子と悪いことしていないかって」

とっさに思いついた設定だけに、疑おうと思えば穴だらけだった。そもそも店長が妻帯者でなければ成り立たない。賭けだ。

ところが、運良く賭けには勝ったらしい。佳乃はさもありなんと頷いた。

「そうでしたか。たしかに真崎《まさき》さんの奥さん、嫉妬深いみたいですし」

店長は真崎という名前らしい。香純は昇太郎の話に引き戻す。

「それでね、よかったらなんだけど、私の雇い主の探偵に借金を分割払いできるよう、相手側との和解を頼んでみましょうか」

「本当ですか？　そんなこと、できるんですか」

佳乃の反応は予想以上だった。よほど督促に参っているのだろう。

香純は最後の詰めに入った。

「相手も裏金融なんでしょ。なら、かえって話はつけやすいわ。向こうだってビジネスなんだしね。損しないとわかれば、大人しくなるものよ」

「よ、よろしくお願いします！」

佳乃は平身低頭した。すっかり信じ込んでいるのだ。香純は、糟糠《そうこう》の妻を騙《だま》しているようで心苦しかったが、これも捜査と割り切ることにした。

「そうしたら、まずは旦那さんと話さなきゃ。会わせてくれるわね」

こうして香純はまんまと手蔓《てづる》をつかんだ。助けてくれるとわかり、佳乃は饒舌《じょうぜつ》になった。その話によると、昇太郎は覇龍会に出入りはしているが、正式な構成員というわけでもなく、ただのチンピラのようだった。年齢は三十歳。

ただ、香純の耳目を引く話もあった。なんと昇太郎は組の仕事で、偽造クレジットカードや仮想通貨取引の名義貸しに携わっているというのだ。

（これで仮想通貨と覇龍会は完全につながった）

おそらく昇太郎に任されているのは、ごく末端の仕事に過ぎないだろう。しかし捜査の端緒というのは、えてしてそういうものだ。

「じゃあ、これが私の番号だから。連絡を取り合って、改めて旦那さんを交えて相談しましょう」

香純が携帯番号を伝えると、佳乃は何度も礼を言った。

「お聞きの通り、昇太郎はダメな夫です。それでも、借金のせいで苦労をかけたくないから別れよう、なんて言うんです。あたしのためを思って。でも、あたしは絶対に別れたくないんです。あたしが見捨てたらあの人、本当に――」

それ以上は言葉にならないようだった。

佳乃と別れた香純は胸が重かった。いくら捜査のためとはいえ、何も悪くない女を騙したのだ。だが、香純には北朝鮮や暴力団による犯罪から国を守るという重大な使命があった。

第二章　色眼光

ストリップバーに潜入した翌日、香純は永田町の国会図書館にいた。仮想通貨について、より深く知っておこうと思ったのだ。警視庁本部がある霞ヶ関と永田町は地下鉄で一駅の距離にある。

(思ってたより市場規模は大きいのね)

香純は独りごちながら、新聞や雑誌の過去記事を読み漁《あさ》っていた。

現在、仮想通貨全体で七十兆円ほどの市場規模があるという。ビットコインはその一銘柄だが、基軸通貨のような存在で市場規模は三十兆円ほど。ほかにも千種類もの仮想通貨が取引されているという。

しかし、香純が意外に思ったのは、仮想通貨の取引高では日本が世界一だということである。

(中国じゃないんだ……)

たしかに中国は、過去にビットコイン取引の九割近くを占めていたとされる時期もあったようだ。しかし昨年の取引所閉鎖騒ぎもあり、現在取引の主流は日本とアメリカになっている。その一方で、中国人投資家の死蔵しているビットコインもかなりあると見られている。

ちなみに、北朝鮮の軍事費は年間六千億円ほどと言われる。もし、仮想通貨市場のごく一部でも流れれば、核ミサイル開発は急速に進展するだろう。

（そんなことは絶対にさせない）

香純は決意を新たにした。

仮想通貨の利点は、国境がないことである。とくに一部のコインなどは「暗号通貨」と言われ、送金がまるで追跡できないものもある。そのため犯罪者のマネーロンダリングに悪用されることも多い。政府も、犯罪活動の監視や口座所有者に関する情報収集を義務づける意向を示しているが、まだ法整備には時間がかかるだろう。

香純は読み終えた資料を受付に返却した。

「お世話になりました」

「はい、たしかに。ご利用ありがとうございました」

壮年の男性司書は、無表情に返却手続きをこなす。利用者が日本の防衛を担う特殊諜報員であるとは知る由《よし》もないだろう。

香純はコインロッカーから荷物を出すと、カウンターで利用者カードを通し、国会図書館の建物から出た。

通りからお堀を桜田門方面へ望むと、警視庁本部が見える。

「ふうーっ」

香純は大きく息を吐いた。「グランワールド東京」では、ロシア製短機関銃のガンオイルの匂いを嗅いだ。その匂いが、覇龍会幹部と思われる男からしたことからも、北朝鮮とのつながりを感じさせる。

(なんとか糸口を見つけなくては)

今のところ望みは佳乃だった。しかし、佳乃は昨夜会って以来、連絡してこない。別の線を探るべきか——香純が思いかけたとき、携帯が鳴った。

「はい、もしもし」

「あたしです。昨日お会いした佳乃ですけどわかりますか」

待ちかねていた相手からだった。香純は会話に集中する。

「よかった。じゃあ、旦那さんと話し合ったのね」

「ええ……話し合っています……」

佳乃の返答は曖昧《あいまい》だった。まだ完全に説得できてはいないようだ。それでも佳乃は現在の居場所だけは教えてくれた。香純は午後に訪ねると約束し、いったん電話を切った。

あとは旦那のほうを落とせば、道は開けるはず。香純は輝正に連絡を入れ、昇太郎の隠れ家に向かうため、自宅に戻って準備を整えることにした。

警視庁捜査二課の刑事、菅原永吾《すがわらえいご》はひとり川沿いの堤防に佇んでいた。

(なんだここは。本当に人が住んでいるのか)

彼が見ているのは、堤沿いに広がる公営団地だった。全部で六棟ほどあるが、昭和三、四十年代に建てられたものだろうか、酷《ひど》く寂《さび》れており、しかも行き交う主婦の姿もまるでない。

永吾は上下グレーのスーツに、手にはアタッシュケースを提げていた。張り込みするに当たり、昼下がりの団地でも目立たないよう、外回りのセールスマンらしい恰好をしてきたのだ。

だが、この様子ではそんな気遣いも無駄だったようだ。

「ま、かえって邪魔も入らないし、いいか」

独り言を言うと、永吾は堤防から下りて団地へと向かう。

近年、少子高齢化の影響で空室問題が深刻なことは知られている。とくに都内の集合住宅ではその傾向が著《いちじる》しく、古い公営団地などは不法残留外国人が住み着き、スラム化しているところもあるといわれる。

きっとここも同じ問題を抱えているのだろう。

永吾が訪れたのは、ある詐欺《さぎ》犯罪の共謀者が潜伏しているとの情報を得たからだ。

昨年来、都内でクレジットカードの偽造および取り込みの被害が相次ぎ、組織的な犯行グループの存在が浮かび上がった。捜査二課ではグループの全貌を暴き、組織の壊滅を狙っている。その一連の捜査の中で、永吾はカードの名義人を集める役割の男を割り出すことに成功したのだ。

(清水昇太郎、三十歳。覇龍会の準構成員か)

永吾は心の中で対象者のプロフィールを反芻《はんすう》した。だが、判明していることは多くない。足で稼いだ聞き込みで、一応昇太郎の外見はわかっている。また、昇太郎には三歳年下の妻がいることも承知だが、どんな女かまでは不明だった。

だが、相手は暴力団の関係者だ。「組対(組織犯罪対策部)」に問い合わせれば、準構成員の家族のこともある程度までわかったはずだった。しかし、永吾はそうしなかった。

（組対の連中に引っかき回されちゃかなわないからな）

これは永吾のみならず、捜査二課全体の意見だった。元来、詐欺や汚職を取り締まる二課と、暴力団犯罪検挙を目的とする組対とはウマが合わない。同じ警察組織で仲が悪いというのではないが、互いに牽制し合っているのはたしかだ。

おかげで部署間の情報共有にも齟齬《そご》が生じがちだった。

そのうえ永吾は単独捜査が好きだった。生活安全課に二年、その後はずっと捜査二課で知能犯を追ってきた自負がある。一昨年警部補になって、現在三十一歳。やる気、体力とも充実しきっていた。

永吾は堤防沿いの道路から団地の敷地へと入っていく。

（いかにもチンピラあたりが潜んでいそうだな）

近くで見ると、団地の荒《すさ》みようはさらに酷い。いくら冬とはいえ、植樹された木や草花の枯れ具合も無残なばかり。建物の壁にはあちこちにスプレーで落書きされ、ひび割れが何カ所も大きく目立っていた。

もちろん団地のベランダには洗濯物も見えない。

永吾は周囲に目を配りながら、まっすぐ一号棟へと向かった。

「……ん？」

団地の西側から敷地に向かって歩いてくる女が見えた。三十メートルほど前方、永吾から見て左手からゆったりした歩調で近づいてくる。

（何者だろうか）

思わず永吾は立ち止まって女を観察した。意外に若い。二十代半ば、あるいは後半といったところだろうか。

女は厚手のタートルネックの上に、防寒用のダウンベストを羽織っていた。下はピッタリとしたパンツにスニーカー。長めの髪を後ろで束ね、買い物帰りの若い主婦といった感じだった。

だが、他の場所ならともかく、この廃墟のような団地には似合わない。永吾の見たところでは身長は百六十五センチ前後、分厚いセーターを着ているが、出るところは出て、スタイルがいいのは一目瞭然だ。

（清水昇太郎の妻だろうか——）

ほかには考えられない。年の頃も情報と合っている。永吾はしばし悩んだあと、思いきって女に声をかけようと近づいた。

「清水佳乃さん、ですね」

永吾が声をかけると、女はビクッとした。

「あなたは誰ですか」

そう言って振り返った顔が美しい。

「あ、驚かせてしまったならすみません。実は私、こういう者でして——」

永吾は思わず見惚《みと》れそうになりながら、急いで警察手帳を出す。

女は警戒の色もあらわに手帳と彼の顔を交互に見る。

「はあ、警察の方……なにかご用ですか」

「あなたにではありません。ご主人の昇太郎さんに少しお伺いしたいことがあって、お訪ねしました」

「あのう、先ほどからご主人とか、おっしゃる意味がわからないんですけど」

女も立ち止まっていたが、身体の節々に緊張が走っている。刑事としての経験が、永吾に怪しい女だとシグナルを送ってきた。

(必死に旦那をかばおうというわけか)

間違いない。女は昇太郎の妻・佳乃だ。永吾はさりげなく手を伸ばし、女のセーターを着た腕にかける。

「ご主人を助けたいんです。案内してもらえますね」

するとは女返事をしなかったが、黙って歩き出した。隠れ家に刑事が現れたと知り、観念したのだろう。永吾もあとに続いた。

香純は歩きながら、拙《まず》いことになったと思う。

(捜査二課の刑事が張り込んでいたなんて)

佳乃から連絡が入り、昇太郎が潜伏しているという団地を訪ねたはいいが、まさか捜査中の刑事に出くわすとは思いも寄らなかった。

しかも、菅原という刑事は香純を昇太郎の妻だと思い込んでいる。

(どうやってこの場を切り抜けよう……)

昼間の団地でも目立たないよう、地味な恰好をしてきたのが、かえって不信感を抱かせたらしい。ということは、彼は佳乃の顔を知らないということだ。

その永吾が歩きながら話しかけてくる。

「この団地にはいつ頃から？」

「さあ……私もよくは知らないんですけど」

香純は言葉を濁《にご》しながら答えた。自分が捜査中の身であることを知られてはならない。なぜなら「G2」の存在は秘中の秘だからである。その任務は極秘であり、同じ警察官であっても絶対に口外することは許されないのだ。

（あとの展開はアドリブでいくしかないわね）

香純は胸の中で嘆息しつつ、永吾を従えて一号棟へ向かった。


昨夜、佳乃は仕事を終えると、その足で昇太郎の潜む団地へと向かった。現在、彼女は店が用意してくれた寮に住んでいる。借金取りから逃れるため、夫婦は別居を余儀なくされていた。

「ねえ、いつまでこんな生活を続けるの」

佳乃は台所で昼食の後片付けをしながら夫に声をかける。昼食と言っても店屋物《てんやもの》か弁当ばかりだった。古びた団地の部屋には家具調度もなく、がらんとして生活臭がまるでしない。

昇太郎は居間でごろんと横たわっている。

「いつまでって、もうすぐだよ。言ってるだろう」

「もうすぐって、いつもあなたそう言って何もしてないじゃない」

「バカ言え。この部屋だって、田賀《たが》会長が用意してくれたんだ。それがどういうことかくらいわかるだろう？　期待されてんのよ、俺は」

佳乃はそっと嘆息を漏らした。夫の大言壮語は今に始まったことではない。田賀会長というのが、覇龍会のトップであることくらいは彼女も知っている。だが、これまでも夫はチンピラ扱いで、いいように使われてきただけだ。

（本当は足を洗ってもらって、普通の生活がしたい）

昇太郎と出会って丸四年、年を経るごとにその思いは強くなる。だが、プライドだけは高い夫を説得するだけの知恵も勇気も佳乃にはなかった。

「実は昨日ね、お店で私立探偵をしている女性に会ったの」

佳乃は手を拭きながら居間に戻る。正確には探偵の知り合いということだったが、細かいところはどうでもいい。変わるきっかけが欲しかった。

「その人が言うには、あなたの借金を分割払いにできるそうよ」

畳に腰を据えた佳乃は、痩せぎすな夫の背中に手をおいた。

ところが、昇太郎はその手を払うように仰向《あおむ》けに転がった。

「誰がそんなことを頼んだよ？　余計なことすんな」

「だって――」

案の定、夫は気分を害したようだ。佳乃は怯《ひる》むが、昇太郎はすぐに笑顔になった。

「わかってるって。お前の気持ちはよ。なあ、お前だってわかってるだろう」

言いながら昇太郎がむくりと起き上がる。

夫の手が、佳乃の太腿《ふともも》に触れる。

「――ちょっと、待って。まだ話が終わってない」

「いいじゃねえか、なあ。こんな豚小屋に閉じ込められて、俺のことを可哀想《かわいそう》だとは思わないのか」

とまどう妻に対し、夫は執拗に絡んだ。口調こそ憐れみを誘うようだが、充血した目が欲情に猛《たけ》っていることを表している。

冬だというのに、部屋は暖かかった。佳乃はしばらく前から薄着になっていたし、昇太郎も軽装だった。

「そのうち、きっとお前にもいい目を見させてやるからな」

「あたしはあなたさえいれば……一緒に暮らせれば十分なの」

しかし、佳乃の抵抗もここまでだった。やがて昇太郎の手は太腿を這い上り、スカートをまくり上げて、パンティのクロッチをまさぐってきた。

「あっ……ダメよ、あなた。まだ話の途中じゃない」

「何言ってんだ。お前だって、こんなに濡れてるじゃないか」

すでに昇太郎の息遣いは荒くなっていた。まさぐる指先がパンティの裾をかいくぐり、裂け目を直接刺激する。

「あっふ……や……」

佳乃はか細い声で拒もうとするが、肉体は悦びを受け入れていた。

昇太郎は妻の身体をゆっくりと押し倒していく。

「佳乃。お前が欲しい。今すぐに」

「昇太郎……あんっ」

乱暴に乳房をもぎとられ、佳乃は喘ぎ声を漏らす。こうなると女は弱かった。愛する男の情熱を喜びこそすれ、とても拒みきれるものではない。

「愛してるわ、昇太郎」

彼女は言うと、夫の股間をつかんだ。ズボン越しにも肉棒はこれ以上ないほどいきり立っていた。

「ハアッ、ハアッ。佳乃」

「ちょうだい……ああ、あたしもあなたが欲しくなってきちゃった」

すると、興奮した昇太郎が強引に唇を塞いできた。

「佳乃ぉ……」

「……んふぅ」

荒っぽく舌が捻《ね》じ込まれてくる。佳乃は自分の舌で巻きとるようにした。

「んっ……んあっ……」

「んふぉ……ふぁう……」

唾液が弾《はじ》ける粘着質な音がする。

「……ぷはっ」

顔を上げた昇太郎は、辛抱堪《たま》らなくなったように、彼女のパンティを一気にずり下ろした。

「あっ……」

一瞬、佳乃は驚くが、もはや逆らいはしない。昇太郎は呼吸も荒々しく、膝あたりに引っ掛かった下着を器用に足指で挟んで抜きとってしまう。

佳乃の腰から下は丸裸になった。ダンスで鍛えた太腿は張りがあり、そこはまだ二十代のみずみずしさを保っていた。

昇太郎が顔をそば寄せて囁く。

「相変わらずいい女だよ、お前は」

「ああっ、うれしい」

思わず佳乃は感嘆の声をあげ、夫にしがみついていた。昇太郎はたしかに夫としてはダメな男だ。中途半端にワルを気取ってはいるが、覇龍会からも正式な構成員とは認められていない。詐欺の片棒を担ぐような仕事ばかりさせられて、借金を背負って助けてくれもしない組にまだ忠誠を誓っている。

それでも昇太郎は妻を愛してくれていた。知り合って四年、結婚してからも三年経っているのに、佳乃のことをまだ女として見てくれている。

「あなたも、早く脱いで」

彼女にとっては、それで十分だった。

昇太郎は覆い被さったまま、手っ取り早く下だけ脱いだ。

「一週間ぶりになるかな。おい、見ろよ。こんなになってるんだぜ」

本人が言うだけあって、まろび出た肉棒は隆々と筋を立てていた。

「ああ、ステキ。こんなに興奮してくれてるのね」

「おう。そう言うお前だって、ほら――」

昇太郎がラビアを指で弾く。

「あっふぅ……ダメ、感じちゃう」

「ほうら、オマ×コがぐっちゃぐちゃじゃねえか」

言われるまでもなく、肉裂は満々と水をたたえていた。指の腹が花弁をかいくぐり、蜜壺に食い込んでくる。

「あっひ……お願い、焦らさないで」

「なんだ、もう我慢できないのか。だったら、ちゃんと口で言うんだ」

「言うって……あんっ。欲しいの」

「それじゃわからんよ。何をどこにどうして欲しいか言わなきゃ」

挿入前の攻防はいつものことだった。いわば夫婦間の慣例のようなものだ。

「しょ、昇太郎のオチ×チンを……ああっ」

「俺のチ×ポを、何だって？」

「昇太郎のチ×ポを、あたしのオマ×コに……ああっ、挿《い》れてっ」

「よし、きた――」

佳乃が課題をクリアすると、すかさず昇太郎は肉棒を抉《えぐ》り込ませた。

「いくぞ。ぬおっ……」

「んはあっ、入ってきた――」

ずるりと粘液を帯びた肉塊が、蜜壺に押し込まれていく。佳乃は思わず喘ぎを漏らし、天を仰いだ。

「ハアッ、ハアッ。ほら、奥まで入ってるぞ」

「うん、うん。昇太郎、お帰りなさい」

佳乃の肉体は熱をおび、首筋を桜色に染めていた。

妻の妖艶《ようえん》な姿に、昇太郎も昂《たか》ぶらずにはいられない。

「うおおっ、佳乃っ」

ひと言吠えるなり、彼は腰を前後に振りはじめた。

「んなっ……ひぃっ。しょ、昇太郎——」

「佳乃ぉ」

抽送《ちゅうそう》はのっけから激しかった。ずりゅっ、ずりゅっ、と粘った音をたてて、太茎が蜜壺を縦横無尽に暴れ回る。

「ああっ、イイッ。ああっ、ダメえっ」

佳乃は大股を開き、揺さぶられるままに身を預ける。恥骨が打ちつけられるたびに、夫の恥毛が勃起した肉芽を擦った。

「ハアッ、ハアッ、ハアッ、ハアッ」

「あんっ、あっ……ああっ、あんっ」

二人のリズムが合うのに時間はかからなかった。互いの呼吸の変化くらいは、すぐに伝わり合うのが夫婦というものだ。

だが、やがて昇太郎に限界が訪れた。

「うう……ダメだ。俺、もう——」

「いいわ。きて。そのままイッて。あたしも……あふうっ」

「イクぞ。いいんだな」

「いいの。んはあっ……でないと、あたしが先に」

「ぬあああっ、佳乃おっ」

吠えた昇太郎の腰がぶつけられた。カリ首が肉壺の壁を刺激する。

「あああーっ、ダメえええーっ！」

「ぬお……イクぞ、出るぞ……うう っ！」

「あひっ。イッ……」

迸《ほとばし》った白濁液が子宮口に叩きつけられる。佳乃の頭はまっ白になった。

「イイイイーッ！」

間髪入れずに佳乃も絶頂する。おのずと蜜壺が締めつけた。

「あっふ。ぬお……」

堪らず昇太郎が第二弾を放つ。そのまま彼はがくりと脱力し、覆い被さってきた。

「ハアッ、ハアッ、ハアッ、ハアッ」

「ハアッ、ふうっ、ハアッ、ふうっ」

しばらくは二人とも動けなかった。ようやく昇太郎が退くと、蜜壺からはどくりと泡だった欲汁があふれ出した。


佳乃がシャワーから出てくると、昇太郎はもう服を着直していた。

「どうしたの。あなたも汗を流してきたらいいじゃない」

声をかける寸前、彼女は夫が畳の下に何かを隠すのを見た。だが、昇太郎は見られたことに気づいていない。

「俺は後でいい。それよかお前、ここに来るとき誰かに尾《つ》けられなかっただろうな」

「なによいきなり。ちゃんと気をつけてきたわ。そんなことより――」

佳乃は夫の変わりように驚いた。ついさっきまで愛し合っていたのに、もう妻を疑うようなことを言っている。それだけ怯えているのだ。

だが、昇太郎は妻の不安を気遣う余裕もないようだった。

「黙れ。じゃあ、これはなんだ」

いきなり怒鳴りつけると、ポツンと置かれたノートパソコンを開く。

すると、モニターには団地の外の映像が映っていた。画面は六分割され、それぞれ別の角度から撮影している。

「前にも言ったけどな、俺はここにただ匿われているわけじゃない。この団地が田賀会長直々のしのぎなんだよ。仕切ってんのが、若頭《わかがしら》の松井《まつい》さんだ。これがどういうことかくらい、お前にだってわかるだろう？」

モニターの映像は、複数台設置された監視カメラのものだった。佳乃が見ると、敷地の一角で男女が話し合っている様子が映っていた。

「あ。この女の人――」

「知ってるのか」

「ええ。さっき話していた探偵よ、この女の人」

「じゃあ、こっちの男はなんだ」

「……ごめん。男の人は知らない」

あまりが画質の良くない小さな映像で、しかも香純とは昨日と違う雰囲気だが、佳乃には同じ女であるとわかった。

「あなたの借金のことで話し合おうって、来てもらったの。でも、男の人を連れてくるなんて全然言ってなかったし」

口ごもりながら弁解する佳乃に対し、昇太郎は激高した。

「バカヤロウ。やつらがサツだったら、どうするつもりだ！」

「ごめんなさい。そんなつもりじゃ——」

「そんなつもりも、こんなつもりも関係ねえ。おい、ズラかるぞ」

昇太郎は言うと、あわててパソコンを閉じ、脱ぎ捨てられていた妻の服を放り投げてよこした。

「着ろ。早く」

「う、うん」

こうなったら言うとおりするしかない。佳乃も急いで服を着始めた。

ところが、そのときふいに部屋のドアが開けられた。

「ひいっ……」

思わず息を呑む佳乃。服も完全には着られていなかった。

荒々しい足音をともに現れたのは、覇龍会若頭の松井竜祥《りゅうしょう》と数人の手下だった。

「どうしたんすか、松井さん。こんなところまで」

怯えすくむ佳乃に対し、昇太郎はそそくさと馳せ参じる。

松井と呼ばれた男は、追従になどまるで関心はないらしかった。

「おう、夫婦揃って楽しそうだな」

ひと言言って睥睨《へいげい》すると、とたんに昇太郎は恐れおののいた。

「いえ、楽しそうだなんてとんでもない。俺、ずっと見張ってましたから」

「あなた――」

佳乃は夫の背中に隠れるようにすがりつく。彼女も松井には何度か会っていた。「グランワールド東京」にもときどき顔を出すが、人を人とも思わない冷たい目が恐ろしく、ろくに口を利いたこともない。店の女の子から聞いた噂では、十年前に敵対勢力の組長を殺害し、その功が認められて幹部になったと聞いていた。

しかし、頼るべき夫はこの男に心酔していた。

すると、昇太郎は妻の不安に気づいたのか、松井たちに聞かれないように背を向けて、こっそりと耳もとで囁いた。

「お前は黙っておけ。若頭は俺たちの味方なんだ」

昇太郎はそう言って、妻をなだめようとしたのである。

「でも、あなた……」

佳乃がなおも食い下がると、昇太郎は苛立《いらだ》たしげに囁いた。

「俺だってバカじゃない。ちゃんと保険は用意してあるから」

「え――」

保険とはいったい何のことだろう。夫のしのぎさえろくに知らない佳乃に、ましてや覇龍会が団地を借り上げた理由など知る由もない。ここはひとまず昇太郎の言うとおりにするしかなかった。

松井とその手下たちは、土足で部屋に上がってきた。

「まあ、ちょうどよかった。清水、ちょっと顔貸してもらうぞ」

無表情のまま、ずかずかと近寄ってくる。

「なんすか。用があるなら、俺のほうから出向きましたけど……」

返答する昇太郎の声が震えだす。どうやら様子が違うことに初めて気がついたようだった。

松井はスーツではなく、ラフなジャージ姿だった。四十男のイガグリ頭というギャップが、逆に組幹部の迫力を増していた。

岩のような肩が盛り上がり、昇太郎の薄い肩を押さえつける。

「いいから。ガタガタ言わずに来りゃいいんだよ」

「……ひっ」

「あなた！」

思わず佳乃が声をあげると、控えていた手下どもが一歩前に出た。

こうなると昇太郎も必死だ。

「ちょ、ちょっと待ってくださいよ。俺、言われたとおりに見張っていたでしょう？　ねえ、若頭。俺、なんも下手《へた》打ってないですよね」

「ん？　ああ、お前は下手を打ちっぱなしだったな」

「そんな。松井さん……」

いまや昇太郎も怯えきっていた。味方とばかり思い込んでいた男に、何の理由も告げられずに脅かされているのである。

すると、松井は彼の考えを見透かしたように言った。

「清水よ、知ってるか。無能の働き者ってのは、敵より厄介なんだってな。どうやらお前がそうらしいな」

「そ、そんな……」

「その証拠に見ろ。妙な野郎を引き寄せやがって。この損害はきっちり返してもらうからな」

松井たちも男女の侵入者に気づいていたらしい。

「す、すみませんでした！　会長にもお詫びはいくらでも――」

「おうっ、お前ごときが親父さんの名前を出すんじゃねえっ」

「もっ、申し訳ありません」

「それにこれは親父の命令じゃねえ」

「えっ。じゃあ、誰が」

「お前がここで何を見張ってるか、考えりゃわかるだろ。ホンミだよ」

「あの北朝鮮の女が――」

昇太郎が言いかけたとたん、松井の膝が下腹にめり込む。

「おうっ、滅多なことを口にするんじゃねえ。殺すぞ」

「げふっ……す、すびばせん」

息苦しそうに詫びる昇太郎の顔は、涙と鼻水で濡れていた。この間、佳乃はただひたすら恐ろしくて震えていた。

一方、松井は何事もなかったように手下どもに命令する。

「おい、さっさとまとめて掠《さら》っていくぞ――ちっ。こんな三下《さんした》なんか、簀巻《すま》きにして海に捨てちまったほうが早いんだがな」

「そんな若頭……」

「助けてっ」

夫婦は互いをかばおうとするが、多勢に無勢では敵わない。あっという間に口を塞がれ、羽交い締めにされたまま、無理矢理室外に連れ出されてしまう。

団地の裏手にはスモーク貼りのワゴン車が停められていた。昇太郎と佳乃は一緒に押し込まれ、瞬く間に拉致されていた。

香純は一号棟に入ると、階段の脇を通り、左右に伸びる廊下に出た。

(どこか適当などころで、この刑事をまかなきゃ)

永吾は黙って後ろについてくる。さっき見せられた警察手帳によると、捜査二課の刑事らしい。

(彼の狙いは、おそらく清水昇太郎のカード詐欺だろう)

弱者を騙し、金品を巻き上げる詐欺犯罪は、もちろん許されることではない。できることなら捜査を手伝ってやりたいくらいだ。

だが、香純に託された任務は国の経済を揺るがし、国防を危うくさせかねない案件だった。仲間を欺《あざむ》いてでも、全うしなければならない。

香純は気取られないよう素早く見回し、廊下を左側へ折れた。

すると、背後から声がかかる。

「何号室ですか」

「一〇五号室です」

当初、永吾は彼女を佳乃と決めつけた。香純はどう振る舞うべきか迷ったが、結局は清水夫妻の友人であると説明した。

一〇五号室の前に着いた。だが、問題はここからである。室内の様子はまったくわからない。ともかく夫妻の安否を確かめなくては。

香純はドアの前に立つと、くるりと永吾のほうを向いた。

「昇太郎さんが何かしたんですか」

「え――？」

ふいに正面から見据えられ、一瞬、刑事はとまどう素振りを見せた。しかし、すぐに立ち直って言う。

「あなたのご友人である清水昇太郎さんに、あくまで参考人としてお話を伺いたいだけです」

「信じていいんですね」

これは時間稼ぎだった。彼女は改めて永吾を観察した。年齢は三十歳前後、あるいはもう少し上だろうか。身長はスラリと高く、聡明な顔つきをしている。

（組対や公安にはいないタイプね）

組対は自身も暴力団のような風貌の刑事が多い。また、秘密主義の公安は猜疑心から能面のような無表情が特徴だ。それにひきかえ永吾は、近寄りがたい粗暴な感じもさせず、人間味もありそうだった。

だが、やがて永吾も不審に思ったのだろう。眉根を寄せて訊ねてくる。

「どうしました。私の顔に何か付いていますか？」

「いえ」

これ以上怪しませてはまずい。香純はドアをノックしてみる。が、応答はない。

「会う約束をしていたんですよね。いらっしゃらないようですが」

「え、ええ。電話では部屋にいると聞いていたんですけど――」

しかたなく、ドアノブを回してみると、鍵がかかっておらず、ドアが開いた。

(なぜ鍵が開いているの？)

逃亡生活ならもっと警戒していてもいいはずだ。香純は嫌な予感がした。すぐ後ろには永吾が控えているが、夫婦のことが気になる。

選択の余地はない。彼女は靴を脱いで玄関を上がった。

やはり、室内はもぬけの殻だった。もともと家具調度はほとんどないに等しいようだが、畳には土足で踏まれた跡が無数に残されていた。

嫌な予感は当たったようだった。佳乃から電話をもらったあと、二人して逃亡したとは考えにくい。借金をしている金融屋にこの潜伏先を突きとめられたか、あるいはもっと別の事情があって姿を消したのか。

永吾は台所でシンクやゴミ箱を調べている。

「さっきまでいた、というのは本当らしいですね。ほう、この容器は——ここの唐揚げ弁当、僕も好きなんですよ。衣がさくっとスパイシーで」

食べ残しから昼食のメニューを導き出したらしい。

(なかなかあなどれない刑事みたいね)

香純は内心思いながら、次の展開に頭を悩ませていた。

すると、永吾はさらに続けた。

「弁当なんかに妙に詳しいと思われたでしょう？　いえね、僕みたいな独身で、しかも刑事なんかやってると、弁当ばかりになるので自然と覚えてしまうんですよ」

「そうなんですか。大変なお仕事なんでしょうね」

適当に調子を合わせながらも、香純は彼が何を言いたいのか訝《いぶか》しんだ。

「実は、清水昇太郎さんにはクレジットカード詐欺の容疑がかかっています」

「え。そんな……」

思わず香純は身構えた。永吾に先手を取られたようだ。

「ですが、聞いてください。警察では清水昇太郎さんのことは、あくまで共犯者として見ています。首謀者を捕まえたいんです」

気づくと、永吾はすぐ目の前にいた。香純は不安そうな友人を演じつつも、刑事の率直さに新鮮な感動を覚えていた。

(他人を騙す輩《やから》を相手にしていては、なんて素直な人なんだろう)

公安のような部署にいると、どうしても他人を色目で見てしまう。それは捜査二課でも変わらないはずだが、彼のように仕事熱心でも、朱に交わっても赤くならない捜査員もいるのだ。

しかし、率直だからといって甘いわけではない。永吾はさらに言った。

「しかたありません。ご夫妻をよく知るご友人として、ひとまず警察までご同行願えますか」

任意同行の依頼だ。香純は悩む。頑なな態度で拒むこともできるが、そうすれば自分の存在を印象づけてしまう。あとあと面倒なことになりかねない。ここまで追いこまれたのは自分の失敗だ。選択の余地はなかった。

「菅原さん――」

ふいに香純は呼びかけると、永吾の目に視線をぴたりと合わせた。

「え……？」

すると、永吾の目にとまどいが浮かぶ。肩を小刻みに揺するのは、逃れたいのにまるで身動きできないといった案配だった。

向かい合わせになった香純はじりじりと距離を詰めていく。

「そのまま――そう、ジッと私の目を見つめていて」

「な、なにを……やめろ、おい」

不可思議な現象に、永吾のとまどいが恐怖へと変わっていった。

「いいわ。目を逸《そ》らしちゃダメよ」

ついに二人は二十センチの距離まで近づいた。すると、さらに永吾の表情が変わっていく。恐怖に見開かれていた瞳孔が、トロンと蕩《とろ》けたようになる。

「うっ、おかしいぞ……」

「なあに？　いいのよ、自分の気持ちに素直になって」

香純は甘い声音で話しかけた。永吾は心の中で葛藤しているようだった。

「いったい俺はどうしたんだ……。つく、た、堪らない」

しだいに言葉が支離滅裂になり、息遣いも荒くなっていく。

香純が仕掛けたのは、「色眼光《いろがんこう》」と呼ばれる淫術の一種だった。淫術とは、性欲を利用した忍法のことである。主にくノ一の得意とされ、彼女も一通り祖母から訓練されていた。

「色眼光」は、見つめるだけで相手を欲情させてしまう術だった。

「さあ、だんだんムラムラしてきたんじゃない？」

「つく……しかし」

「我慢しなくていいの。思いきり自分を解放してしまいなさい」

香純が追いつめていくと、永吾の全身から汗が噴き出してくる。淫術といっても、まじないや呪法の類とは違う。「色眼光」の場合は、心理学に基づいた催眠術を応用したものに近い。

潜在意識に働きかけられ、永吾はついに理性がとんだ。

「うっ、うおっ！」

「きゃっ」

やにわに押し倒されそうになり、思わず香純は叫んだ。だが、そこは訓練されたくノ一である。とっさに彼の手首を取り、体を入れ替えて、刑事が跪《ひざまず》く形で押さえつけてしまう。

「うぐぐ……」

永吾は痛みに呻《うめ》くが、募《つの》る欲情が勝った。後ろ手に押さえつけられながらも、空いた手を伸ばしてなんとか女体に触れようとする。

さっきまで刑事らしからぬ紳士的な態度だった男が、いまやすっかり劣情に駆られた獣に変わっていた。香純がいくら手を払おうとも、永吾はまるで意に介さず、女の股間を執拗に求めていた。

同じ警察官だと思って、手心を加えたのが失敗だったらしい。

(こうなったらしかたがない)

香純は自分に言い聞かせると反撃に出た。座りこんだ永吾の背中にのしかかるようにし、身動きできないようにすると、おもむろに股間へ手を伸ばした。

「いい子だから、おとなしくしてちょうだい」

スラックスの上からも、肉棒が勃起しているのがわかった。硬い。香純は自らも欲情しそうになりながら、テントを揉みくちゃに掻《か》き回した。

「ぬおお……んぐぅ。もっと――」

とたんに永吾は呻き出す。あまりの快楽に苦しんでいるようだ。

(やだ。大きい)

しかし、責める香純も苛《さいな》まれる。彼女だって年頃の女性なのだ。普通に恋もしたければ、もちろん性欲だってある。しかも永吾はどちらかと言えば、好ましいタイプの男だった。できれば淫術など使いたくはなかった。

「——ハッ」

香純は気合を入れると、永吾の首の後ろに手刀を叩きこんだ。

「うっ……」

すると、永吾は呻いたきり気を失ってしまった。

「ごめんなさい」

ぐったりと横たわる彼に向かって香純は謝った。永吾は三十分もすれば意識を取り戻すだろう。その間に、少しでも手掛かりを見つけなくては。

香純は一〇五号室を出ると、廊下の壁に手を触れた。

（やはり暖かい——）

建物に入ったときから、異様な暖かさには気がついていた。建物全体が熱を孕《はら》んでいる。この団地にはきっと何かが隠されている。

香純は廊下を進み、階段に回って上をめざした。

（まるで人の気配がしない。なぜだろう）

重要な物資が隠されているなら、もっと厳重な監視がされているはず。そう思いながら目を配っていると、踊り場の天井に監視カメラを発見した。

(やられた。これで見られていたのね)

カメラは団地の中庭に向けられていた。つまり、彼女が団地に一歩足を踏み入れたときからずっと監視されていたわけだ。

すると昇太郎を始め、建物にいた連中は、香純の姿を見たとたんに逃げてしまったというのだろうか。

だが、次の瞬間、階下で重いものを叩きつける音が鳴り響いた。

(菅原刑事が危ない――)

気づいたときには、香純はもう駆け出していた。音は、金属製のドアが乱暴に閉められたものだろう。一〇五号室ではまだ永吾が気を失っているはずだ。

「まだ残党がいたんだ」

後悔先に立たず。香純は歯噛みしつつ、階段を舞うように下りた。

一階に着き、廊下へ回る。一〇五号室のドアは開いていた。部屋へ飛び込む。

「ああ、遅かった」

誰もいない。畳の上で正体なく横たわっていたはずの永吾は、影も形もなかった。

とくに争った跡も見えないのは、やはり彼が気を失っていたからだ。

(覇龍会の連中か、それとも——？)

香純はまだ見ぬ北朝鮮の影を垣間見た気がした。この分だと、昇太郎と佳乃も拉致されたに違いない。

すると、建物の外から車のエンジン音が聞こえてきた。

(トヨタのランドクルーザー。八人乗りね)

音を聞いて、すぐに車種を判断した香純は、音源めざして部屋を飛び出す。車は一号棟の裏手から聞こえてきた。

しかし、香純が着いたときにはすでに走り去った後だった。

警視庁本部G２隠し部屋。香純は捜査状況のあらましを輝正に報告し終えたところだった。

「——申し訳ありません。すべて私の失態です」

沈痛の面持ちでうな垂れる香純。なにしろ情報提供者と重要参考人、加えて捜査中の刑事までが目の前で掠われてしまったのだ。

輝正はそんな部下をジッと見つめていたが、やがて口を開いた。

「捜査二課の本命は、仮想通貨を使ったフィッシング詐欺のようだ」

上司の淡々とした口調に香純も顔を上げる。輝正は続けた。

「おそらく菅原刑事も、清水昇太郎が名義集めをしていることはつかんでいたのだろう。捕まえやすいカード詐欺で立件し、犯行グループの全貌解明を狙っていたと思われる」

「しかし、なぜ菅原刑事は一人で――」

「功を焦ったのだろうな。聞いたところでは、菅原という刑事は普段から単独捜査をする傾向があるらしい。応援を呼ばなかったのは、彼自身のミスだ」

それは、輝正なりの慰め方だったのかもしれない。しかし、特殊課報課員として香純は自らの甘さを痛感していた。

「いえ、やはり私のミスです。必ず人質を取り返してきます」

昨日話した感じでは、佳乃は夫の犯罪行為には関わっていない。懸命にダメな夫を支える妻でしかないのだ。一刻も早く危険な状況から助け出す必要がある。

だが、香純の焦りには永吾の存在もあった。たんに同じ警察官だからというだけではない。心の片隅にだが、彼を傷つけられたくないという個人的な感情がこもっていることにも自身で気がついていた。

（私のバカ。重要なのはあくまで任務なのよ）

Ｇ２捜査員として、またくノ一として、異性に惹かれるのは捜査の邪魔にしかならない。香純は繰り返し自分に言い聞かせた。

しかし問題は、彼らがどこに連れ去られたかということだ。まるで手掛かりはないようだったが、輝正が重要な情報をつかんでいた。

「ところで、ようやく北朝鮮の動きがわかった」

「どんなことですか」

思わず香純が前のめりになる。上司の口調は変わらない。

「うむ。ある北朝鮮の特殊工作員が、国内に入ってきたとの情報だ」

スパイ入国の情報は、公安部がもたらしたものだった。工作員の名前は「崔《チエ》洪《ホン》美《ミ》」。もちろん偽名と思われる。年齢は三十二歳ということだが、これも正確なものかは不明だった。

「ひとつ確かなのは、この特殊工作員が女であるということだな」

輝正は言うと、ニヤリと笑って見せた。日頃謹厳な上司には珍しく、イタズラっぽい目で部下を見つめる。「どうだ。女同士と聞いて燃えるだろう？」とでも言いたいような顔つきだった。

香純も、すぐにそれが輝正流の励まし方だとわかった。その厚情にほだされ、彼女は自らを鼓舞して力強く言った。

「チェ・ホンミ。その工作員の企みを必ず阻止します」

「頼んだぞ――だがな、どうやら黒幕は北朝鮮だけではないらしいんだ。国内にも手引きしている奴がいるようだ。それも調べてほしい。かなりの重要人物だということだけはわかっている」

「了解しました。すぐにかかります」

香純は言うと、隠し部屋を後にした。


西新宿にそびえ立つ高層ホテルの一室。スイートルームの応接セットには、壮年の男性と妙齢の女性が向かい合っている。

「桜《さくら》丘《がおか》に刑事が現れただと？　どうなっているんだ」

グレーの髪をきっちりと分け、銀縁眼鏡に地味なスーツを着た学者風の男は、声に焦りを滲ませた。

だが、男よりずっと年下の女は冷静だった。

「たいしたことじゃないわ。これくらいは想定内よ」

「しかし、あの団地には、もうかなりの機材を運び込んだのではないのか」

「そうね――」

女は言うとソファから腰を上げる。立ち上がると、スタイルの良さが際立つ。そのままミニバーへ向かい、棚からブランデーの瓶を取り出した。

「あなたもいかが。少し落ち着いたほうがいいみたいよ」

「いや、いい。このあと国際会議があるんだ」

「そう。延岡《のべおか》さんほどになると、いろいろ忙しいのね」

女は言って、自分の分だけグラスに酒を注いだ。

延岡と呼ばれた男は、窓の景色を眺めて眩《まぶ》しそうにする。まだ外は明るい。

「それで、どうするんだね。桜丘のほうは」

「もちろん、もう対処済み。菅原とかいう刑事も、松井が身柄を押さえてくれたから安心して。ついでに清水とかいうチンピラ夫婦もね」

グラスを持って着座した女はこともなげに言った。

だが、これを聞いて延岡はさらに青ざめてしまう。

「な……刑事を……掠ったというのか？」

女は黙って頷く。細面《ほそおもて》で上品な顔立ちをしているが、その長い睫毛《まつげ》の下にあるまなざしは鋭かった。

彼女の名前はチェ・ホンミ。北朝鮮の特殊工作員であり、日本に仮想通貨拠点を作るため、半年ほど前から密《ひそ》かに来日していた。

「まあ、こちらのビジネスは、あなたには関係ない話だったわね。ただ、覇龍会に渡りをつけてもらったし、一応ご報告しておこうと思って」

ホンミの日本語は流暢《りゅうちょう》だった。本国で徹底的に教育されたのだ。彼女は他にも英語、中国語、フランス語など五カ国語に精通していた。

一方の延岡はとうとう頭を抱えてしまう。

「刑事はいかんよ、刑事は……。そんなはずではなかったんだが」

ほとんど独り言のようにつぶやく。延岡憲介《けんすけ》。それほど動揺したのは、彼が国家公安委員会のメンバーだったからである。

北朝鮮の特殊工作員と日本の国家公安委員会のメンバー。本来なら敵対関係にあるはずの二人だった。

ホンミは気落ちする延岡を励ますように言った。

「多少のイレギュラーはあるけれど、計画は順調に進んでいるわ。あなただって、一日も早く目的を遂《と》げたいでしょう」

「それはそうだが……しかし、警察官を巻き込むとは聞いていないぞ」

彼の立場を考えれば、焦燥するのも無理はない。なにしろ国家公安委員会と言えば、日本の警察行政を司《つかさど》る上位組織なのだ。

するとホンミはグラスを置いて、延岡のとなりに腰を下ろした。

「ねえ、三日後にはまたロシアからの荷も届く。噂を聞いて、購入したいっていう問い合わせも増えているのよ。刑事のことはこちらで引き受けるから、あなたは今まで通り静かに見守っててちょうだい」

彼女は言うと、延岡の太腿に手をおいた。

だが、延岡はその手を力なく振り払う。

「いずれにせよ、その刑事は早晩解放してくれ。まかり間違っても、命を奪うような真似《まね》だけはしないでくれよ」

「わかってる。大丈夫」

邪険にされても、ホンミは気にせず微笑んでみせる。まるで母親が幼い子供をあやすような笑顔だった。

やがて延岡は嘆息しつつ、席を立った。

「とにかく頼んだよ」

肩を落として去っていく延岡をホンミは表情を変えず見守っていた。

延岡が退室して五分も経たないうちに、次の来客が訪れた。

「よお」

のっそりと現れたのは、覇龍会若頭の松井だった。手下は連れず、一人きりだった。

出迎えたホンミは、彼を見るなり飛びついた。

「待ってたわ」

「おいおい、こんなところを誰かに見られていいのか」

松井は言いながらも、まんざらでもない様子だった。凶悪な人相が、このときばかりはヤニ下がった男の顔になる。

二人はそのままもつれるようにして、ソファへと移動した。

「――しかし、あんたの言うとおりだったな。あのまま清水の野郎だけ掠って帰っていたら、あのデカも見逃しちまってたしな」

「直観よ。運が良かっただけ」

「で、どうするよ。清水にはもうちょい話を聞かなきゃならねえが、デカ野郎は簀巻きにして沈めておくか？」

松井の悪人面がうれしそうに歪む。ホンミも微笑んだ。

「そうね……。ただ、もう少し使えそうな気もするから、殺すのは待って」

「まあ、お前さんがそう言うなら」

「ほら、取り逃がしたもう一人の女のこともあるし」

団地に現れたのは、永吾の他に若い女もいた。入れ違いで逃がしてしまったが、回収した監視カメラの録画映像には同行する女も映っていた。ホンミは、その女に妙に引っ掛かるものを感じていた。

（あの女、ただ者じゃないわ――）

それは、ほとんど直感のようなものだった。ホンミ自身は直接見ていないが、松井の報告によると、刑事はなぜか昇太郎の部屋で気を失っていたという。おかげで拉致もスムーズにいったわけだが、前後関係が不明だった。

（刑事と争ったとすれば、相棒ではないようだし――いったい何者だろう）

アジトに刑事が現れても、さほど気にしなかった彼女だが、謎の女のことだけは、やけにわだかまりのようなものを感じる。

（でも、いずれわかることだわ。あの女は、また必ず現れる）

ホンミは確信していた。今回の工作は、本国にとっても重要な作戦だった。日本のような豊かな国と違い、北朝鮮にとっては国家の浮沈に関わる。そこで彼女が作戦指揮者に選ばれたわけだが、謎の女には自分と同じ匂いを嗅ぎとっていた。

「そうやって考え込んでるあんたもきれいだな」

松井が言うのを聞いて、ホンミはふと我に返る。

「あら、お世辞なんか言っても、なんにも出ないわよ」

ことさらに妖艶な笑みを浮かべ、荒々しい男の顔を見つめ返した。

松井の手が、ホンミの膝を撫でまわす。

「あー、辛抱タマンねえ。やろうぜ」

「あん、竜ちゃんたら焦らないの」

泣く子も黙る武闘派の暴力団幹部をつかまえて、彼女は下の名前をちゃん付けで呼んだ。

だが、松井自身も怒るどころか、ますます相好《そうごう》を崩した。膝に置いた手をおもむろに股間に突っ込んできた。

思わずホンミは嬌声をあげる。

「あっふ……ダメよ」

「いいじゃねえか、なあ。俺、あんたにハマっちまったみたいだ」

松井は息を荒らげながら、下着越しに柔肉をまさぐった。

「どうして。あっ……いけないわ、そんなとこ触っちゃ」

「へへ。可愛いことを言うじゃねえか。おら、んなこと言いながら、オマ×コはこんなに濡れていやがる」

「あん。ダメよ、ダメ……」

ホンミはもがく振りをするが、本気ではない。抗《あらが》ってみせるのは、いわば誘い水だった。

松井の巨躯《きょく》がのしかかってくる。

「なにしろ六年も女断ちしてたんだ。溜まりまくってしかたがねえ」

彼が言うのは、服役していた期間のことだ。といって、実際は出所してからもう一年以上経つ。こう言えば、女が喜ぶと思い込んでいるのだ。

先刻承知のホンミはあえて彼のノリに合わせた。

「ああん、そんなこと言われちゃうと、私も感じちゃう」

鼻声を鳴らしながら、徐々に脚を開いていく。おのずとスカートがたくし上がり、艶《つや》やかな太腿と、目にもまぶしい真紅のパンティが現れた。

「くそっ。たまらねえカラダしやがって」

松井は焦った手つきでズボンを下ろそうとする。だが、勃起した肉棒がつかえて、なかなか思うようにならない。

ホンミが代わりに脱がせてやる。

「私も……ああっ、もう我慢できない」

まろび出た肉棒は、持ち主の人相に負けず劣らず凶悪だった。幾筋もの血管を浮きたたせ、威嚇するように反り返っている。

「ホンミっ」

ふいに松井は叫ぶと、真紅のパンティをわしづかみにした。脱がせる暇も惜しいのか、引きちぎろうとするが、うまくいかず、がばっと身を伏せると下着にかぶりつき、歯を立てて嚙み切ってしまった。

「きゃっ」

乱暴なやり方に、ホンミは声をあげた。だが、恐れているふうではない。反対に彼の髪に指を差し込み、くしゃくしゃに掻き回した。

「ああっ、ステキよ。竜ちゃん」

「ホンミ……ふぁう」

嚙み裂いたパンティもそのままに、松井はあらわになった淫裂に舌を這わせた。

「あっ、イイッ」

ホンミの背中が弓なりに反る。蜜壺は満々と水をたたえ、それを松井は砂漠で喉を渇かせた者のようにごくごくと飲み込んだ。

「ああ、いくらでもあふれてきやがる」

「んあっ、イイッ」

「堪らんな」

背中を丸めて女陰にかぶりつく姿は、巨岩がうずくまっているようだった。

「あふっ、そこ……イイわっ」

ホンミは喘ぎながら、スラリと伸びた脚を松井の背中に巻きつけた。挟んだ男のイガグリ頭をグッと引き寄せる。

「へへ。あんたも好き者だな」

股間に押しつけられた松井は、苦しそうな息を吐きながら、それでも無我夢中になって濡れ秘貝を味わった。

ホンミの顎が持ち上がる。

「ああっ、ステキよ。竜ちゃん、ああ……」

熱い吐息を漏らし、ますます両脚を締めつけた。松井はなおも舌を働かせる。

「おらっ、これでどうだ。感じるだろう」

「あん、ダメ。私、もう――イクッ」

ホンミはひと声高く鳴くと、がくりと脱力した。絶頂したのだ。

それは、あまりに突然だった。しばらくの間、松井は彼女がイッたことに気がつかなかったほどだった。

「ハアッ、ハアッ。イッたのか？」

訊ねる松井は、口の周りを蜜液でベトベトに濡らしていた。

一方、ホンミはトロンとした目で愛人の顔を見つめる。

「だって、あんまり気持ちよかったんですもの。竜ちゃんの舌使い、とってもエッチで好きよ」

「へへ。まったく感じやすい女だよな、お前ってやつは」

性技を褒められて、うれしくない男はいない。抗争と暴力に明け暮れる松井のような男でも、やはり事情は同じだった。

「ねえ、今度は私にさせてくれない」

目に妖艶な光をたたえ、ホンミは起き上がって肉棒に触れた。赤黒く膨れた亀頭の先には、透明の先走り汁があふれている。

　ところが、松井は口舌奉仕の申し出を断った。

「ダメだ。俺はもう我慢できねえ」

　言うなり彼女の肩を乱暴に押し倒す。

「あっ」

　ホンミはソファに倒れこんだ。開いた両脚のあいだには、ぬめぬめと光るクレバスが口を開けていた。

　熱をおびた松井の視線が、肉裂に突き刺さっている。

「ハアッ、ハアッ」

　呼吸も荒々しく、反り返ったペニスを股間にあてがう。

「ああ、きて。滅茶苦茶にして」

　ホンミも観念したように挿入をねだった。

　すると、松井はおもむろに肉棒を蜜壺に捻じ込んだ。

「うらあっ」

「あああっ」

　傘を張った亀頭が埋もれ、ホンミが喘ぎ声を上げる。

「おおお……」

松井はゆっくりと湯にでも浸かるように、太息を吐きつつ奥へと進む。

迎えるホンミもしなやかな肢体をくねらせた。

「あん、きて。もっと」

「おお……どうだ。奥まで入ったぞ」

「ん。入ってる。硬いのが奥に当たってる」

海を隔てた両国の絆《きずな》が結ばれた。かたや国を背負った工作員、もう一方は反社会勢力の構成員だが、肉体を介した男女のつながりに国境はない。

やがて松井が腰を使いはじめた。

「ぬおっ。おお、これだよ、これ」

「ああっ、きて……擦れる」

「これが好きなんだろう？　なあ、ホンミ」

「ええ。好きよ、竜ちゃんの硬くて太いのが——ああっ」

二人は睦言を交わしながら、互いのリズムを探っていく。

「どうして。ああ……カリのところが擦れて、感じちゃう」

しかし、相手に合わせるのはホンミのほうが上手《うわて》だった。抽送は形を整え、粘膜同士が擦れ合うくちゃくちゃした音が響きはじめた。

組み伏せる松井の肩が盛り上がる。

「ハアッ、ハアッ、ハアッ——ぬおおおっ」

ふいに叫ぶと、彼は突然激しく腰を振りだした。

「あああっ、イイッ。激し——」

「うらあっ、うらっ。これで、どうだっ」

「あん、イイッ。感じる。もっと暴れて」

突き上げられ、ガクガクと身体を揺さぶられつつ、ホンミは悦びを言葉にした。

そうした何げない囁きが、松井の欲情の炎に油を注ぐ。

「ぬう。なら、もっと感じさせてやる」

松井はそう言うと、おもむろに女体を抱きかかえた。阿吽《あうん》の呼吸で、ホンミも松井の首に腕を巻きつける。

すると、松井は彼女を抱いたまま床に立ち上がった。

「ああっ」

軽々と持ち上げられ、ホンミはうれしそうに喘いだ。

「このまま、行くぞ」

いわゆる駅弁スタイルのまま、松井は窓のほうへ向かう。

ホテルの窓は大きく、高層階からの眺めが売りのひとつだった。

「あんっ」

松井はホンミの背中を窓ガラスに押しつけた。

「おい、こうして俺たちのセックスを見せつけてやろうぜ」

「見られ……ああん、恥ずかしいけど感じちゃう」

このとき、互いにまだ上半身は服を着たままだった。血走った松井の目が、喘ぎ乱れるホンミの胸元を見据えていた。

「くそっ。たまんねえ——」

口の中でつぶやくと、彼は器用に片方の腕で彼女を支えつつ、もう一方の手をホンミのブラウスにかけた。

「こうしてやるっ」

そしていきなり合わせ目から服をひき裂いたのだ。

「あひっ……」

ボタンが弾けとび、思わずホンミは高くいなないた。なめらかな絹のような肌があらわとなり、こんもりと盛り上がった乳房を包む真紅のブラが現れた。

それも松井は強引に引き下ろしてしまう。

「ふんっ」

「あっはあ」

ぷるるんと揺れる乳房が全貌を現す。双子の山は重たげで、くしゃくしゃになったブラに押し上げられて苦しそうだった。

乳首は硬く尖っていた。松井は頭を下げてしゃぶりつく。

「あっひぃ。そんな強く吸っちゃ——イイイッ」

反応はめざましかった。ホンミは後頭部を窓ガラスに押しつけて叫んだ。

「ビンビンに勃《た》ってやがる」

松井の舌戯には技巧も何もない。己《おのれ》の欲望のまま、ひたすらきつく吸いあげるばかりだった。

だが、それでもホンミは悦楽に昂ぶっていることを訴えた。

「いいわ。感じて……ああっ、もっと突いて」

すると、松井も抽送に集中するため顔を上げた。

「ぶはっ——よっしゃ。ブッ壊してやる」

宣言すると、彼はふたたび両腕で彼女の尻を支え、一気に抉り込んだ。

「どうりゃあああっ」

「んっはあああっ、どうしよ。おかしくなっちゃう」

「おかしくなっちゃえよ。俺はとっくにイカレちまってるぜ」

「あんっ、ああっ。これ好き」

「ああ。お前も俺のチ×ポにハマってんだろ」

「そうよ。もうこれじゃなきゃ感じられないカラダになってるの」

ホンミの言葉はいちいち男心をくすぐった。三十路《みそじ》すぎの完成された女の肉体が、男と窓ガラスに挟まれて、宙でうねうねと蠢《うごめ》いた。

蜜壺はとめどなく牝汁を噴きこぼし、太竿《ふとざお》にまとわりついた。

「ぐああ……たまんね。やっぱお前のオマ×コは最高だ！」

額に汗を滲ませ、松井は昇りつめていく。よどんだ目の奥にとまどいのような光が揺れている。

そうした変化をホンミは的確にとらえていた。

「イッて。ねえ、お願い。じゃないと私――」

「なんだ。またイキそうなのか」

「うん。だって気持ちよくて……あふうっ」

欲悦に乱れ、なまめかしく蠢く肢体に、やがて肉棒も悲鳴をあげ始める。

「くぅ……俺も、なんだか出したくなってきた」

松井が彼らしからぬ弱音を吐いた。ホンミは仕上げにかかる。

「イク……ああっ、ダメよ。私もう――イッちゃうからあああっ」

高く叫んだかと思うと、突然ガクガクと震えだした。

同時に蜜道もうねり始める。これには松井も堪らない。

「うおおっ。イクぞっ、出すぞっ」

「出して。私の中に、一滴残らず出してえっ」

ホンミがしがみつく。松井は最後の力を振り絞るように、懸命に腰を振った。

「ぬがあああっ、ダメだあっ。だっ――」

唸り声をあげるのとともに、勢いよく白濁液を噴き上げた。

「んなあっ、イックううっ！」

追いかけるようにホンミも絶頂の声をあげる。男の濃い欲汁が、子宮口に叩きつけられるのを感じていた。

「だっふ。ぬお……」

肉竿から絞り出すと、松井は獣のように低く呻いた。思わず支えていた腕から力が抜けていく。

だが、そのせいで結合は解かれた。

「ああ……」

ホンミは崩れ落ちることもなく、器用に床に足をつけた。内腿には白く濁った欲液が滴《したた》っている。松井の肉竿にも同じものが付いていていた。


その後、二人は寝室へ移動し、もう一回戦交えると、ベッドに並んで横たわった。

「ねえ。私、竜ちゃんのこと、本気になってしまいそう」

ホンミは身を寄せながら、甘えたような声で言った。

松井も、そんな彼女を愛《いと》おしそうに髪を撫でる。

「けど、俺たちがこうなってることは親父には内緒だぜ」

「うん、わかってる。でも、この仕事が終わったら――」

ホンミは語尾を濁して、松井のいかつい顔を見つめた。

「俺だって考えてるよ、それくらい。親父にも言わないで清水のクズを掠ってきたのも、お前のためだろうが」

「うれしい。好きよ、竜ちゃん」

昇太郎夫妻を拉致しろと命じたのは、ホンミだった。元来、松井は覇龍会会長である田賀政三《せいぞう》に心酔していた。鉄砲玉を自ら志願したのも、親父と慕う田賀のためと思ったからだ。

しかし、一身を捧げると誓った盃も、いまや一人の女のために揺らいでいた。

「けどよ、本当にあの清水が裏切ってると思うか？　そんなことできるタマじゃねえと思うがなあ」

「確かに気の弱そうな男だわ。でもね、竜ちゃん。ああいう肝《きも》の小さい男のほうが、裏で何をしでかすかわからないものよ」

ホンミは微笑みながら言うと、松井の頰にキスをする。

「まあ、お前が言うならそうなんだろうよ。おっしゃ、俺が吐かせてやる」

「頼りにしてるわ、竜ちゃん」

松井はすっかりホンミの手の内にあった。

北朝鮮では、女の特殊工作員はハニートラップの訓練を受けている。メイクのしかたから立居振る舞い、閨《ねや》でのテクニックまで徹底的に叩きこまれ、男の心理操作術をマスターするのだ。

「勝つのは私たちよ」

ホンミは言って、内心ほくそ笑むのだった。

第三章　筒絞り

斉藤輝正警視は、スーツ姿で有楽町の喫茶店にいた。

(天堂君が怒るのも無理はない)

つい数時間ほど前、捜査中の香純に連絡を入れたときのことを思い出す――。


「捜査中止命令が出た」

「どういうことですか。いったい誰が――」

「上からだ、もちろん。総監から直接連絡を受けた」

警視庁のトップ、警視総監から一連のビットコイン関連の捜査を中止するようにとの極秘指令が下ったのだ。まさに青天の霹靂《へきれき》だった。

もちろん香純は納得しなかった。

「ありえません。人質を取られているんですよ」

「わかっている。だが、これは総監命令だ」

「北朝鮮工作員のことはどうするんですか？　野放しにしておけとでも言うんですか。もう目と鼻の先にいるというのに、黙って好きにさせておけとでも？」

いつもは忠実な部下である香純が、珍しく怒りを声に滲ませていた。清水夫妻や菅原刑事を奪われた失態を取り返そうと必死なのだ。

輝正としても忸怩《じくじ》たる思いは同じだった。だが、警察組織において上司の命令は絶対である。

「とにかくいったん待機だ。いいな」

「ですが、室長――」

「天堂君！」

なおも食い下がる香純に輝正は一喝して黙らせた。一拍おいて続ける。

「実は、私もこの総監命令は不自然なところがあると感じた。そこで探ってみると、どうやら総監も、さらに上からの命令があったらしいとわかったのだ」

「もっと上、と言うと官邸とか」

「いや。官邸ではない」

「では、いったい誰が」

「国家公安委員会だよ」

これを聞いて香純は黙った。国家公安委員会とは、警察の運営と管理を行う独立した合議制行政機関である。国の公安にかかわる警察運営を司り、管理する上位組織だ。委員長には国務大臣があてられ、ほか五人の委員で構成される。

「この中止命令の裏になにがあるのか、私なりに調べてみる。だからしばらく待つんだ。天堂君、堪《こら》えてくれ」

上司にこうまで言われたら、香純も従うしかなかった。

「……わかりました。室長が仰《おつしや》るのなら」

「必ず今日中には連絡する」

そう言って、輝正は電話を切った。


そして二時間後、輝正は制服をスーツに着替え、外出したのだ。

約束の時間に十五分ほど遅れて待ち人はやってきた。

「やあ、すまん。部下をまくのに暇がかかってな」

「いえ。お忙しいところ呼び立てて申し訳ありません、部長」

喫茶店内ゆえ、輝正は立ち上がりこそしないが、居住まいを正す。相手は、公安部部長の遠藤《えんどう》だった。トップの警視総監を除けば、唯一、特殊課報課の存在を知る人物であった。

遠藤は着座するなり、出されたお冷やをグイッと一気に呷《あお》る。

「ま、ほかに誰もいないんだし、そう堅苦しい挨拶をするな。いつも通りでいこうじゃないか、な。斉藤」

コーヒーを注文した遠藤は、砕《くだ》けた調子で言った。輝正も肩の力を抜く。

「ありがとうございます、遠藤先輩」

輝正にとって遠藤は、警察学校時代からの先輩だった。かつては上司部下だったこともある。遠藤が出世街道をひた走るなか、輝正は現場にとどまり続けたという違いはあるが、今でもときどき二人だけで飲むこともある間柄だった。

ウエイトレスがコーヒーを置いて去るのをたしかめると、遠藤は口を開いた。

「ところで今日はなんだ。バカ話するために呼んだわけじゃないだろう」

「ええ。公安委員会について、先輩のご意見をいただきたいと思いまして」

同じ部内に属する二人があえて外で会ったのは、話の内容があまりに重大だったからだった。庁内では誰に聞かれているかわからない。

それは遠藤も先刻承知だった。互いに立場があるのもわきまえている。

「俺とお前の仲だろうが。遠慮せずに聞きたいことがあるなら言え」

「公安委員会から、最近総監のほうに意見書が送られてきましたか」

「意見書――ああ、うん。あったようだな」

「先輩はご覧に？」

「いや。総監に直接渡されたようだったからな――だが、なにか捜査体制についてケチをつけてきたらしいようだな。だいぶ苛立っていたよ」

おそらく捜査中止命令のことだろう。輝正は前のめりになる。

「それで総監は、どのようなことを仰っていましたか」

「なんだ、斉藤。お前も少しは出世に興味が出てきたか」

遠藤がからかうように言う。洒脱な性格は若い頃から変わらない。輝正も、つい引き込まれて微笑みながら答えた。

「私は先輩が総監になられるまで待ちますよ――はともかくとして、総監は特定の誰かの名前を口にしませんでしたか」

すると、遠藤は少し考えてから思い出したようだった。

「ああ、そういえば言ってたな。総監は、『支離滅裂じゃないか！』とかなんとか言って、そこら中に当たり散らしていたっけ」

そう言って遠藤は、ある委員の名前を口にした。それだけ聞ければ十分だ。輝正は感謝の言葉を述べた。

「ありがとうございます。助かりました」

「なんだ、それだけでいいのか。水臭いな。困ってることがあるなら、いつでも言ってくれよ」

遠藤は言うが、これ以上は迷惑をかけられない。輝正は改めて礼を述べ、公安部長を見送った。

「今度はお忍びじゃなく、また飲みに行こうな」

遠藤は最後まで余計なことは何も訊ねようとしなかった。

（すみません、遠藤先輩。このお返しは必ずさせてもらいます）

輝正は心の中で深々と頭を下げた。持つべきは良き先輩だ。一人になると、彼はスマホを取り出し、早速香純に入手したばかりの情報を伝えた。


夜の地下駐車場は静かだった。打ちっ放しのコンクリートの壁を常夜灯のＬＥＤが冷たく照らしている。

黒塗りしたクラウンの車内には運転手が待機していた。

「おっと、もうこんな時間か」

運転手は独り言をつぶやくと、ラジオを止めて時計を見る。午後十時二十六分。もうすぐ会合が終わる時間だった。

ふと車外からか細い啼《な》き声が聞こえる。

「ん？」

運転席から猫がいるのが見えた。コンクリートの床をひたひたと歩く猫は、見物客を意識するように、優雅な様子でクラウンの前輪に近づいていく。

どうするか見ていると、次の瞬間、猫は身軽にタイヤを伝って、ひらりとボンネットに飛び乗った。

「あ。こら――」

運転手は手で追い払おうとするが、猫は素知らぬ顔を決め込んでいた。

「ちっ。どこから入りこんできたんだ」

会社の車に傷をつけられては敵わない。しかたなく運転手はパワーウィンドウのスイッチに手をかける。

低い音をたてて運転席の窓が開く――そのときだった。何者かが車体の陰から飛び出し、運転手の首根っこを捕まえた。

「ひいっ――」

「静かにして」

潜んでいたのは香純だった。この瞬間を待ち構えていたのだ。

「こっ、殺さないでくれ！」

頸動脈を締めあげられた運転手が苦しそうに懇願する。突然の襲撃に遭《あ》ってパニックになり、相手が若い女と言うことにも気がついていない。

だが、香純はそんな相手にも容赦しなかった。

「殺しはしないから安心して。ただ、少し眠っていてもらうわね」

耳もとで囁くと、彼女は頬を膨らませ、口からプッと何かを吐き出した。

「うっ……」

すると、とたんに運転手は気を失ってしまう。

瞬く間の出来事だった。香純はドアとトランクを開け、ぐったりした運転手を引っ張り出す。

「ごめんなさい。運が悪かったと思っててちょうだい」

香純が吐き出したのは、「含み針」と言われるものだった。忍者の基本的な武器のひとつで、針の先には調合された毒物を塗布することもある。この場合は、眠り薬を仕込んでおいたのだ。

寝息をたてる運転手をトランクに収めると、香純は周囲に気を配りながら、着ていたトレンチコートを脱ぐ。下は黒っぽいスーツ姿だった。手早く髪をアップにし、運転手から奪い取った帽子をかぶる。

「これでよし、と」

仕上げに白い手袋をはめると、運転席に腰かけて時間が来るのを待った。

輝正から捜査中止命令を聞いたときは、あまりの理不尽さについ感情的になってしまった。北朝鮮の脅威はまだ何も解決していない。それどころか、参考人と刑事を人質に取られたままなのだ。

(中止なんてあり得ない)

清水夫妻は別にしても、仲間を見捨てろというのだろうか。香純の脳裏に、菅原永吾の実直そうな顔が浮かぶ。

その後、輝正からまた連絡が入った。公安部長を通じて情報を取ってきてくれたようだ。その結果、国家公安委員のひとりである延岡憲介が、今回の捜査中止を強く主張したとわかった。

まもなく時計が午後十時四十分を過ぎた。そろそろ時間だ。

（絶対に暴いてやる）

香純は決意も新たに車を発進させた。実は、今回の行動について彼女は輝正に報告をしていない。完全な単独行動だ。だが、報告すれば、国家公安委員に直接ぶつかるなど許してはもらえなかっただろう。


永田町の砂防会館前は、迎えの車が列をなしていた。与党法務委員会の特別会合が終わり、参加者たちは三々五々挨拶を交わしながら車に乗り込んでいく。

「延岡先生、今日は遅くまで申し訳ありませんでしたね」

「いえ、大変有意義な会合でした。またお声をかけてください」

若手議員と言葉を交わす延岡は、自分の車が来たのを確かめて後部座席に乗る。

「では、お先に」

「お疲れさまでした」

車内から最後の挨拶をすると、延岡はパワーウインドウを閉めた。

「出してくれ」

促されて黒塗りのクラウンが発車する。会合の喧噪を離れ、車内は静寂になった。

運転手に成りすました香純は、そっとルームミラーで後ろの様子を窺う。情報によると、延岡の年齢は五十八歳。まだ初老と言うには早い。しかし、白髪の公安委員はひどく疲れているように見えた。

やがてふと思いついたように延岡が言う。

「青山のほうに回してくれ」

香純は小さく頷くだけで答えた。まだ延岡は運転手がひとまわり小さくなっていることには気がついていないらしい。だが、いくら変装していても、声を出せば女とバレてしまう。

道中、延岡はずっとスマホを見ていた。

(どこかで話を聞き出さなきゃ)

香純は運転しながら思案をめぐらせていた。混雑する国道を避け、裏道を通って青山に抜ける。道は閑静な住宅街になっていた。

およそ五分後、車は青山霊園の脇に停められた。

「なんだ。止まれとは言っていないぞ」

延岡もふとおかしなことに気がついたようだ。だが、香純はそれに答えず、黙って車を降りると、瞬く間に後部座席に乗り込んだ。

あわてたのは延岡だ。

「なんだ、お前は――女？　いったい何者だ」

「騒がないでもらえますか」

香純は落ち着き払って、延岡の手からスマホを奪い取る。間髪入れずに顎の下に腕を差し込み、膝で腕の動きも押さえこんでしまう。

「くっ、苦しい。痛いじゃないか。私を誰だと――」

「わかっていますよ。延岡先生」

「だったらわかるだろう？　私にこんな真似をすれば、大変なことになるぞ」

ふいの襲撃に延岡は怯えきっていた。大学教授上がりの男にとっては無理もない。だが、この延岡こそが、捜査中止を総監に命じさせたのだ。

香純は手首を踏んだ膝にグッと力を入れる。

「ぐああっ。わかった。逆らわないからやめてくれ。金なら出す」

延岡の顔が痛みに歪む。香純はその顔に言葉を叩きつけた。

「北朝鮮工作員の捜査を止めさせた理由を教えてください」

「知らん。なんのことを言ってるんだ、君は」

香純は輝正から延岡の名前を聞いたときから、不自然な捜査中止命令には裏があると感じていた。放っておけば、人質が危ない。相手が大物過ぎるからと言って、遠慮している場合ではなかった。

「とぼけても無駄よ。洗いざらいしゃべってもらうわ」

彼女は言うと、男の首筋めがけて含み針を吹いた。

「うっ……」

チクリとした痛みに延岡がうなり声をあげる。

「安心して。そのうちだんだん気持ちよくなってくるから」

「うう……」

今回、含み針に塗られていたのは一種の自白剤だった。古よりくノ一は火薬と薬草の調合に詳しい。自然の生薬を配合し、意識を混濁させる毒物を作り出すくらいはお手の物だった。

見る間に延岡の瞳の色が濁っていく。香純は押さえつける力を抜いた。

「さあ、話しなさい。あなたが捜査中止を具申したのね」

「ああ……私が中止させた」

「なぜ?」

「計画はまだ道半ばだ……まだ足りない」

「どんな計画があるの。何が足りないって言うの」

矢継ぎ早に質問を投げかけるが、延岡は口の中でもごもご言うばかり。意識が朦朧《もうろう》としているとはいえ、聞き取れる言葉の意味もよくわからない。

(口を割らないよう、必死に堪えているのね)

香純は気が重くなるのを感じた。含み針に塗られた薬剤は十分な効き目があるはずだった。それでもなお自白しないのは、彼が理性を総動員して堪えているからだ。それだけ深く関わっているという証拠でもある。

延岡がふと漏らすように言った。

「ヨウコ……」

その言葉が出た瞬間、けたたましいブレーキ音とともにワゴン車が横付けされた。

「なにっ?」

香純が顔を上げると、ワゴン車から数人の男が現れる。驚いたことに、男たちの手には各々短機関銃が握られていた。

最後に車から降りてきたのは、妖艶なチャイナドレス姿の女だった。

「やっと会えたわね。やんちゃなお嬢さん」

女は悠揚《ゆうよう》迫ることなく、車内の香純に微笑んでみせた。向こうは自分のことを知っているらしい。香純は初めて見る女だが、彼女こそが輝正の言っていた北朝鮮特殊工作員ではないかと思った。ゆったりと構えているようだが、目配りに隙がない。

（この女、できる――）

香純は一瞬でこの女の力量を察した。さらに、車の周囲は銃を構えた男たちに囲まれている。一気に危険な状況に追いこまれていた。

謎の女は不敵な笑みを浮かべていた。

「桜丘の団地ではずいぶんとご活躍だったみたいね」

「あら、覗き見なんて趣味が悪い。見ていたなら姿を出せばいいのに」

とっさに香純は軽口で応じる。やはり監視されていたのだ。押さえつけられたままの延岡が苦しそうに悪態を吐く。

「ホンミ、早くこの女を退治してくれ」

やはり、この女がチェ・ホンミだったようだ。

「もう逃げられんぞ。観念するんだな」

「あなたは黙っててちょうだい」

香純は膝に力を込める。とたんに延岡は悲鳴をあげて黙った。

車内の様子を眺めるホンミが高笑いする。

「老人を苛《いじ》めるとは、とんだ正義の味方もあったもんだわ。先生、どうか落ち着いてくださいね。この女は、私たちで始末しますから」

香純は息を凝らして状況をたしかめる。短機関銃を構えた男が四人、車の前後を囲んでいる。一歩下がったところにホンミ。彼女は手になにも持っていない。

車から出る一瞬が勝負だ。香純はタイミングを待った。

「チェ・ホンミ、あなたが日本で何を企んでいるのかわかってるのよ。あきらめなさい」

「へえ、それは大変。なにか証拠でもあるなら、の話だけど」

(さすがにこの程度の挑発には乗ってこないか――)

香純は思案をめぐらせながらも、敵の位置関係を再確認する。車体後部に立った男のうち、痩せぎすな一人の銃の構えが甘い。狙い目だ。

ホンミは男たちに目配せを送る。

「ほら、ボンヤリしてないで、この女を掠《さら》っていくよ。こいつが何者か吐かせないとね」

「はいっ」

返事をした一人が後部ドアに手をかける。香純が目をつけた男は、ドア係の背後で銃を構えていたが、目の色が怯えていた。

（今だ——！）

ドアが開いた瞬間、香純は地面に転がるように飛び出した。

「あっ……」

「うおっ」

男たちが怯んだ隙に、香純は痩せぎすな男の背後を取った。

「うわっ、やめろ」

男はもがこうとするが、その前に香純が銃を取り上げてしまう。手からこぼれた銃は空中で一回転し、彼女は落ちてきたところを捕まえて、そのまま銃床を男の盆の窪あたりに叩きつけた。

「んぐっ……」

痩せぎすす男はうなり声をたてて崩れ落ちた。

ふいの反撃に襲撃者たちは呆然とする。ひとりホンミだけが冷静だった。

「何やってるの。さっさと捕まえなさい」

一喝されて、男たちはわれに返ったようだった。

「おうっ、やっちまえ！」

「いくぞっ」

三人は短機関銃を手にしたまま、わらわらと飛びかかってきた。混み合った状況では撃つことができないからだ。

「――っくぅ」

香純はとっさに横っ飛びで難を逃れる。三人いっぺんに来られては堪らない。

だがいったん距離を取ると、正面を向いて身構えた。

「さあ、どこからでもかかっていらっしゃい」

華奢な女の挑発に、荒くれ男たちの怒りに火がつく。

「んなろー」

「クソアマがあっ」

男二人が熊のように両手を伸ばして襲いかかってきた。

香純はふっと身を沈め、一方の臑《すね》を思いきり踵で蹴りつける。

「うがあっ！」

やられた男は悶絶して倒れる。そうしている間にも、もう一人の手が香純の肩にかかって押し倒そうとした。

「ふんっ」

香純は立ち上がりざま男の手首を取り、巻き込むようにして向きを変える。そのまま前のめりに倒れると、見事な一本背負いが決まっていた。

「ぐはあっ」

残るは一人。ところが振り返ると、銃口が心臓に向けられていた。

「そこまでだ。おとなしくしろ」

「……っく」

香純は思わず歯噛みした。なぎ倒された男たちも、銃を拾って起き上がってくる。完全に元の木阿弥《もくあみ》になってしまった。

ふと見れば、ホンミは延岡のいるクラウンに乗り込むところだった。

「あなたおもしろい子ね。日本の警察官らしくないし」

「待て！　逃げるな、ホンミ」

「あら、逃げないわよ。でも、いまはこの先生をお送りしなきゃ。また会えるのを楽しみにしているわ」

追いすがろうとする香純に対し、ホンミはどこ吹く風と笑うばかりだった。

「そうそう、さっきの身のこなしは見事だったわ。忍者みたい――女の忍者はなんて言うんだっけ……そうだ、くノ一だ。名前を教えてくれないから、さしあたり『くノ一刑事』とでも呼ばせてもらうわね。それじゃ」

ホンミは言うと、延岡を連れて去ってしまった。

残されたのは、香純と四人の銃を持った男たちだった。

「さあ、おめえもおとなしく車に乗れ」

「いい加減あきらめな。手間をかけさせるんじゃねえぞ」

口々に言いながら、ジリジリと距離を詰めてくる。さすがに警戒しているらしい。

「さあ、来い。こっちだ」

男の一人が、香純の腕を取ろうとした。

「――ハッ」

気合いとともに香純の身体が横回転する。男の顔に裏拳がヒットした。

「ぬがっ……このアマ」

「やっちまえ！」

四方から男たちが襲いかかってきた。

すると香純は一人の胸ぐらをつかみ、反対側から突っ込んできた男と顔面同士で衝突させる。

「ぐえっ」

「ぶっ……」

硬いものがぶつかる鈍い音とともに、男たちは鼻血を噴いて倒れる。

「クソが……」

別の男は怒りにまかせて銃をふりかざし、叩きつけようとした。

ふいをつかれた香純は、しかたなく上腕で打撃を防ぐ。

「……っつう」

骨がきしむ音がし、苦痛で顔が歪む。だが、とっさに突き出した頭が、殴った男のみぞおちを抉っていた。

「ぐぼっ……」

息を詰まらせた男の身体が二つ折りになる。

その隙に香純は体勢を立て直し、残る男の背後に回った。

「え……あ……」

あまりの素早さに男がとまどっていると、香純は親指の腹で思いきり腰のあたりを押し込んだ。

「おとなしくするのは、そっちよ」

「あうあうあ……」

すると、男は言葉もなくその場にへたり込んだ。下半身の神経を刺激し、立っていられなくなるツボを押したのだ。これも、忍術のひとつだった。

（ひとまずは撤退ね）

四人の戦闘能力を奪うと、香純は走って逃げ出した。深夜の道路は静まりかえっていた。車でも通れば連中もあきらめそうだが、人っ子一人いない。

「ハッ、ハッ、ハッ」

息を切らせて走っていると、後ろからエンジン音がした。気を取り直した男たちが追ってきたのだ。

だが、香純は焦ることなく、懐《ふところ》から何かを取り出して道路に撒《ま》いた。

ヘッドライトはグングン迫ってくる。香純をひき殺しかねない勢いだった。

ところが、まもなくパスンと弾ける音がしたかと思うと、ヘッドライトの光跡が暴れだした。タイヤがパンクしたのだ。

（必ず捕まえてやるわ、ホンミ）

香純がバラ撒いたのは、三角錐の形状で棘《とげ》の突き出した「マキビシ」だった。含み針とマキビシは、いついかなるときでも携帯する忍びの七つ道具であった。

延岡は尋問にも口を割らなかった。だが、ひとつだけ気になることを口にした。

「ヨウコ」という名前をつぶやいたのだ。

調べてみると、十二年前に亡くなった延岡の一人娘の名前が陽子《ようこ》だった。死因は、銃創による失血死であった。

当時十八歳だった陽子は、友人と新宿に出かけたおり、中国人マフィアとヤクザの小競り合いに巻き込まれてしまった。小競り合いはやがて銃撃戦となり、たまたま通りかかった陽子に流れ弾《だま》が当たったのだ。

事件後、ヤクザはすぐに捕まったが、中国人はすでに高飛びしたあとだった。裁判は一方の被告を欠いたまま進められた。

その頃、法科大学院の教授だった延岡は、当局に幾度となく抗議したという。法律のプロとして、国境が犯罪捜査の障壁になっていることには忸怩たる思いだったであろうことは推測できる。

結局、日中関係を気にする政治家の圧力がかかり、中国人容疑者の追及は有耶無耶《うやむや》のうちに打ち切られてしまった。おそらくその日以来、延岡は怒りを抱き続けていたのだろう。

(娘を殺した犯人を挙げられなかった警察への恨み——)

延岡について調べる香純にも、なんとなく筋が見えてきた。だが、わからないのは、外国マフィアとヤクザに娘を殺された彼が、どうしてホンミや覇龍会を利するような真似をするのか、ということだった。

菅原永吾は、気がつくとうす暗い倉庫にいた。鉄骨の柱にロープで縛《しば》りつけられている。

(いったい何が――)

中庭で清水夫妻の友人に会ったことは覚えている。それから一緒に部屋へ行き、ふと彼女に見つめられたと思ったら、次の瞬間には気を失っていたのだ。

顔を上げると、少し離れたところに別の男女が縛られていた。男の顔には覚えがあった。清水昇太郎だ。

「おい、お前、清水だな。清水昇太郎だろう」

永吾が声をかけると、うな垂れていた男の顔が持ち上がる。

「なんだ、なんで俺のことを知ってるんだよ。あんた誰だ?」

「俺か? 俺は二課の菅原っていう者だ。お前さんに話が聞きたくてね」

名乗った者が刑事だとわかると、昇太郎はけたたましく笑った。

「二課の刑事さんか、こりゃいいや――おい、佳乃。この人、刑事だってよ。きっと俺たちを助けに来てくれたんだぜ」

　自棄《やけ》気味に言う彼を見て、永吾も違和感を覚える。自分は、おそらく覇龍会の手に落ちたのだろう。だが、身内であるはずの昇太郎も囚《とら》われているのがわからない。彼が佳乃と呼んでいるのが妻だと思われる。

「なあ、清水。なんでお前も捕まってるんだ。俺を掠ったのは、組の連中なんだろう？　なんか下手でも打ったのか」

　永吾は口調をやわらげたが、昇太郎の反応は著しかった。

「馬鹿野郎、てめえと妙な女がのこのこ現れやがるから、こんな目に遭ってるんじゃねえか。どうしてくれるんだ！」

「あなた……」

　興奮した夫を妻が慰めようとする。

　だが話からすると、昇太郎は一部始終を目撃していたらしい。永吾は訊ねた。

「その……妙な女だが、そいつはどこへ消えた？」

「知らねえよ。ただ、おめえが掠われたときには、もういなかったらしいぜ」

　昇太郎の口ぶりからすると、謎の女は覇龍会側の人間ではないようだ。

（潜入捜査中の刑事？　まったく見覚えはないが――）

敵でないとすれば、仲間とも考えられるが、ならば自分を襲った理由がわからない。

彼はひとまず正体不明の女はおいておくことにした。

「まあ、いい。それより清水、カード詐欺の件だがネタはあがってるぞ」

「あ？　なんの話だ」

「とぼけるなよ。お前さんが名義を捌いてるのはわかってるんだ。素直に吐いちまったらどうだ」

この期《ご》におよんで永吾は被疑者を自白させようとした。昇太郎は高笑いする。

「笑わせてくれるぜ、菅原さんとやら。まったく、俺の心配するくらいなら、まずは自分の心配をすべきだぜ。状況がわかってんのか、あんたは」

挑発的な口調だが、表情は引き攣《っ》っていた。半ば泣き笑いだ。昇太郎は警察よりも身内のほうが恐ろしいと見える。

すると、黙っていた佳乃も堪らず口を開く。

「この人は、上の人の言うとおりにしただけなんです。そりゃ、悪いことだってしたかもしれないけど、あの女……北朝鮮から来たっていう女が全部――」

「佳乃っ！」

昇太郎に一喝されて佳乃は黙る。永吾は食いついた。

「北朝鮮？　女？　なんのことだ」

「それは、私から教えてあげましょうか」

倉庫に別の女の声が響いた。三人が見ると、スーツ姿の女が立っていた。手下も何人か連れてきている。

「ひいっ」

「あなた……」

とたんに清水夫妻は怯える。佳乃がさっき言いかけていた北朝鮮の女だろう。

「貴様――何者なんだ」

永吾は虚勢を張りながらも脅威を感じていた。すでに警察手帳は見られているだろう。覇龍会なら刑事を監禁するような真似まではしない。だが、相手が日本人でないとすれば、たとえ警察官だろうと、何をされるかわかったものではない。

女はじっくりと楽しむように近づいてくる。

「質問をするのはこっちよ、刑事さん。ただ、ちょっと待っててね。先にこっちのボンクラから聞きたいことがあるから」

しかし、彼女は永吾の直前で向きを変え、昇太郎のほうへと進んでいく。

「ひいっ。ホンミさん、お……俺は、なんも知らないです」

とたんに昇太郎の顔が青ざめる。ホンミと呼ばれる女は、昇太郎の目の前に立ちはだかった。

「あら、知らないはずがないじゃない。こんなオマケまで引き連れておいて。さあ、言っちゃいなさい。あなたが桜丘の情報を漏らしたのよね」

「ちっ、違います。俺、なんも言ってませんから」

「へえ、そうなの」

ホンミに顔を覗きこまれ、昇太郎はブルブルと震えた。

佳乃が堪らず口を挟む。

「違います！　夫はなにも言ってません。あたしが――」

「佳乃っ。おめえは黙ってろ」

危ういところで夫が制した。ホンミは目を細める。

「美しい夫婦愛ね。感動しちゃった。あんた、使えないチンピラのくせに奥さんには愛されているのね」

「いえ、俺はただ――」

「わかった。なら、こういうの見て奥さんはどう思うかしら」

ホンミは言うと、おもむろにタイトスカートをたくし上げた。むっちりした太腿にはレースのガーターベルトが巻かれていた。彼女は屈んでホックを外し、両脚を開いて立ちはだかった。

「あの……いったい何を……」

とまどう昇太郎を前に、ホンミは股間に手をやる。パチンと音がしたかと思うと、パンティのクロッチ部分が前後に開いた。

「ほら、こうやるとアソコが見えちゃうの。便利でしょ」

ホンミは言いながら、恥毛の根元に手をかざし、指でスリットを開いてみせる。

「ごくり――」

思わず生唾を飲んだのは、昇太郎だけではなかった。その場にいる手下たちにも動揺が見られた。永吾も例外ではなかった。

ホンミは中身を見せたまま、床に座った昇太郎に迫る。

「さあ、どうしたの。ここを舐めて気持ちよくさせてちょうだい」

「え……で、でもホンミさん」

昇太郎は息を荒らげながらも身動きできない。隣では佳乃が目を伏せている。

だが、ホンミは執拗だった。

「できないって言うんなら、奥さん共々死んでもらうわよ」

「ひいっ。でっ、できます。やらせてください」

「おいっ、貴様。やめろ」

見かねて永吾が叫ぶが、縛られていては抵抗も空《むな》しい。

ホンミはラビアを開き、濡れ滴る淫裂を昇太郎に突きつけた。

「ホントはあなたも舐めたいんでしょう。さ、早く」

「は、はい……」

結局、逆らいきれず昇太郎はおずおずと舌を伸ばした。

「あんっ、上手……もっとペロペロして」

反応は敏感だった。ホンミは自ら股間に男の顔を押しつけた。

「あっふ。イイッ。そうよ」

怯えながらも、昇太郎は懸命に舌を使った。ホンミも次第に感じはじめたらしく、腰をへこへこと動かしだした。

「イヤアッ。やめて。やめさせて、お願い！」

夫が別の女に口舌奉仕するところを見せつけられ、佳乃は苦悩の声をあげた。永吾もその様子に堪えきれなくなる。

「やめろっ。何の目的でそんなことをするんだ」

り出す。

「もう、うるさい外野ねえ。せっかく人が気持ちよくなってるっていうのに」

ホンミは言うと、手下に合図を送った。すると、男の一人が鞄から注射器を二本取り出す。

「あんたたちも、もう少しリラックスしたほうがいいみたいよ」

「な……なんだ、おい。やめろ、離せ」

「イヤアッ、怖い。やめてえっ」

もがく永吾と佳乃は押さえつけられ、二人とも注射を打たれてしまった。

「いったい何を……ぬああっ」

注射器の中身が体内に放たれたとたん、永吾は麻薬を打たれたことに気づいた。

ホンミは股間を舐めさせせながら、放心する二人を眺めている。

「逆らわないで、気持ちよくなればいいの」

永吾と佳乃を柱に縛りつけているロープが解かれた。しかし、後ろ手に縛られたままで、強力な麻薬に陶酔する二人は立ち上がることもできない。代わりに手下たちがホンミの足元に運ぶ。

「いらっしゃい。みんなで気持ちよくなりましょうね」

ホンミは言うと、いったん昇太郎の顔を退《しりぞ》けた。そして床に倒れる永吾のズボンに手を差し込み、もう一方を佳乃のスカートの中に突っ込んだ。

「最初だけは、私が手伝ってあげるわ」

そう言って、両手で器用に肉棒をしごき、淫裂をまさぐりだした。

「おおうっ」

「あっふ」

すさまじい快感が二人を同時に襲った。永吾は身悶え、背中を丸める。一方、佳乃は悦びの声をあげて背中を反らせた。

「ほうら、奥さんだって感じちゃってるじゃない。ビッチョビチョよ。こっちの刑事さんも、なんだかんだ言ってってビンビンになってるし」

「うう……」

からかうように言われ、永吾は歯噛みするが、肉竿に走る快楽には逆らえない。これまで感じたこともないような快感だった。

「さ、準備はできたから、あとはお二人で楽しんでちょうだい」

ふと言うと、ホンミは手扱《てこ》きするのをやめたのだ。

「ううっ、どうして……」

すでに永吾は薬で正気を失っていた。突然快楽を止められて焦りだす。

事情は佳乃も同じだった。焦点の合わない目で朦朧としながらも、快楽を失うまいとして、内股になって太腿同士を擦り合わせていた。

昇太郎は妻の様子に目を疑うように言う。

「佳乃っ。しっかりしろ。なあ、ホンミさんそろそろ勘弁してくれよ」

ところが、ホンミは冷たく言い放った。

「いいじゃない。あんたには私がいるわ」

彼女は言うなり、昇太郎のズボンを引き剝《は》がしにかかる。

「わあっ、やめて。やめてくださいよ、ホンミさん」

「そんなこと言って、こっちはちゃんと大きくなってんじゃない」

「ああ……」

下半身を裸に剝かれ、昇太郎は天を仰いだ。悲しいかな、先ほどの口舌奉仕で興奮したらしく、肉棒は怒髪天《どはってん》を衝《つ》いていた。

やがてホンミが腰の上にまたがり、ゆっくりと尻を落としていった。

「ああ、入ってきた――」

「ぬああ……すまん、佳乃」

昇太郎はとなりにいる妻に謝りながら挿入感覚を味わった。

永吾は、一部始終を茫洋《ぼうよう》とした目で見ていた。

（北朝鮮工作員――これが、ハニートラップっていうやつか）

ぼんやりと思い浮かんだのは、そんなことだった。だるくて動けないのに、身体の中が燃えたつように熱い。かと思えば、次の瞬間には震えるように寒い。

「おらっ、おめえの相手はこのアマだとよ」

手下たちが、佳乃の体を抱えて永吾のそばに運んでくる。ぐったりとした佳乃は、髪を汗ばんだうなじに貼り付けていた。

「いい匂いがする……」

永吾は鼻を鳴らしていた。理性がまるで働かない。まだ頭のどこかでは佳乃が昇太郎の妻だとわかっている。だが、目の前の芳《かぐわ》しい柔肌に覚えるのは、燃え盛る欲情でしかなかった。

気づくと永吾はズボンを脱がされていた。引き立てられた佳乃もパンティを剝ぎ取られている。妖《あや》しくぬめる花弁が誘っているようだった。

「へっへっへ。まったく、あんたが羨ましいぜ」

手下たちは下卑たことを言いながら、佳乃の脚を開かせ、永吾の下半身の上に乗せる。肉棒は意思とは関係なく、筋を浮きたたせそそり立っていた。

　やがて竿肌をぬるりとした感触が走る。

「うう……」

「あっ……」

　挿入したとたん、二人とも愕然とした表情を浮かべた。薬物の影響で、異様な快楽が押し寄せてきたのだ。

　遠くからホンミの声が聞こえる。

「それでいいの。刑事さん、どう？　気持ちいいでしょう。旦那の目の前で人妻と交わるのは最高よね」

「ハアッ、ハアッ」

「あんっ、ああんっ」

　現実とは思えなかった。永吾は、無我夢中で下から腰を振った。そして佳乃も快楽の渦に巻き込まれていた。

「あんたはこっちよ。奥さんがデカにヤられてるのを眺めながら、ほかの女とセックスするの」

「ああ、佳乃ぉ……」

　しまいには、ほとんど泣き声だった。昇太郎は妻が刑事とまぐわうのを横目に、特殊工作員の女に犯されていた。

「おお、出る……イキそうだ」

「あひっ、どうしよう。おかしくなっちゃう」

「ハアッ、ぬあああっ」

「イイわっ、イイわあっ」

倉庫には四人の男女の喘ぐ声がいつまでも響いていた。


公安部総務課フロアで、香純はもう何度目かになるため息を漏らした。

「ハアーッ」

「なんだ。天堂さんらしくないね」

そう言って声をかけてきたのは、庶務係の日景係長だった。

「すみません、つい——暇だったもので」

とっさに香純は弁解する。事件のことを考えていたなどとは言えない。代わりに彼女は表向きの業務が退屈だというフリをした。

日景は、「わかるよ」というように頷いてみせる。

「しかし僕らが暇だということはだね、それだけ警察の組織運営が滞りなくされているという証《あかし》でもあるんだ。自信を持っていいんだよ」

「はい」

香純にも上司の言うことはわかる。総務は言わば組織の潤滑油だ。油が足りなければ、警察という人間の鎖はすぐに錆《さ》びついてしまう。

だが、同時に彼女は特殊任務を負った秘密捜査員でもあった。鎖の最先端なのだ。敵に人質を奪われたままで、為《な》す術《すべ》もなくいるのは苦痛極まりなかった。

思わず香純は疑問を口にしていた。

「日景係長。係長はいままでに上司の命令を無視したことはありますか」

「おいおい、穏やかじゃないねえ。どうしたの」

「いえ、命令を無視すると言っても、正義のためだとしたら、です。救える命があるのに、待機命令が出ていたら、見捨てるべきなんでしょうか」

すると、日景は少し考えるようにしてから口を開いた。

「上司の命令は絶対だよ、天堂さん。それが、警察という組織を強くしているんだ。誰か一人でも自分勝手な行動を取れば、社会の秩序は保てなくなってしまう」

日景の言うとおりだ。香純は慎重に頷いた。しかし、日景は続けた。

「――ただし、現場でとっさの判断を迫られた場合は別だ。一人の捜査員の勇気と見識が、事件を一気に解決することもあるからね」

「現場での判断――」

香純の脳裏に浮かんだのは、団地で犯した失態だった。もう少し慎重に行動していれば、菅原刑事だけでも掠われずに済んだかもしれない。

やがて日景は口調をがらりと変えて朗らかに言った。

「まあ、僕みたいな内勤ひと筋の人間に言われても、説得力ないだろうけどね」

「いえ、そんなことは……ありがとうございました」

「あとね、悩み事があるんだったら、やっぱり斉藤課長に相談すべきだよ」

「わかりました」

部屋を出ていく上司を香純は深々と頭を下げて見送った。抽象的な会話に過ぎなかったが、日景に話すとなぜか心が軽くなった。普段は地味な存在だが、困ったときに頼りたくなるのは、係長の人徳というものだった。

そんな会話が交わされた直後のことだ。香純の携帯に佳乃から連絡が入った。切羽詰まった声で、例の団地に監禁されているとだけ告げると、一方的に電話は切られた。

罠の可能性が高いが、あの団地に行くしかなかった。

香純はすっくと立ち上がる。さっき日景に言われたことを忘れたわけではないが、自分のせいで彼らは拉致されてしまったのだ。救い出す義務がある。輝正にはあとで報告することにした。

桜丘の団地は相変わらず人気がなかった。冬の早い落日が夕陽で団地を赤く染め、舞い散る枯れ葉が荒涼とした雰囲気を醸しだしている。

中庭を香純は慎重に目を配りながら進んだ。

(もうちょっと派手に歓迎されるかと思ったんだけど)

彼女は上下黒のつなぎ姿で、足元はブーツで固めていた。ラムスキンを薄くのばしたもので、動きやすい特注品だ。解放した人質を連れ帰るために、借りた車を少し離れた場所においていた。

ところが、一号棟の階段を見上げると、あったはずの監視カメラがない。

(おかしい――)

胸の中で警戒シグナルが灯る。状況の変化は、余人の存在を示している。そういえば、以前訪れたときに感じた妙な暖かさが今日は感じられない。

廊下は物音ひとつしなかった。自ずと忍び足になる。

一〇五号室の前に来た。香純は大きく深呼吸する。

（出たとこ勝負ってとこね）

一拍おいて、香純は思いきりドアの中に飛び込んだ。

「きたぞ、やれ！」

すると、間髪入れずに室内にいた男たちが襲いかかってくる。

やはり罠だったか。香純はとっさに男たちの腕をかいくぐり、前転しながら部屋の奥へと移動する。

「やろう、逃がすか」

「ふん縛っちまえ」

暴漢の数は四人。向きを変えて一斉に飛びかかってきた。

「くそっ」

悪態を吐く香純の前にローテーブルがあった。彼女はその上にある物を手当たり次第につかむと、次々に投げつけた。

「うわっ」

「ぎゃっ……」

手首のスナップを利かせて投げられた灰皿やボールペンは、男たちの顔や腕に苦痛を与えた。日用品がまるで手裏剣のように舞い飛ぶ。

だが、この攻撃に辟易《へきえき》した男の一人が、木刀を振り上げた。

「このアマ、舐めやがって」

「……はっ」

頭蓋を割られそうになる寸前で身をかわす。木刀は床に叩きつけられた。

「くそおっ」

「ふんっ――」

さらに香純は木刀の真ん中をブーツ足で踏みつけた。堅い木が砕ける音がして、支えを失った男はつんのめって転がる。

「ぬああっ」

しかし、その間に他の三人も、それぞれ得物《えもの》を手にしていた。

「へっへっへっ。いい加減あきらめるんだな、姉ちゃんよ」

「じゃないと、その可愛い顔に傷が付くことになるぜ」

男たちはそれぞれ登山用ナイフ、三段ロッド、鉄筋を適当な長さに切った物などを持参していた。

転んでいた男も、半分に砕けた木刀を構えて起き上がる。

「つく……」

四面楚歌だ。しかし、香純は焦らなかった。つなぎの前ジッパーを開くと、懐から取り出したのは、長い鎖の先端に分銅がついたものだった。くノ一の得意とする「玉鎖」という武器である。

三対一。男たちは香純を取り囲んでいた。

「このアマ……」

最初に動いたのは鉄筋男だった。唸りをあげて鉄筋が振り下ろされる。あわや頭部に激突する寸前、香純はわずかに身をかわし、玉鎖を放った。

「……くそっ」

鉄筋は鎖に巻きとられ、男は動けなくなる。香純はほくそ笑んだ。

「遅い。そんなんじゃ子供にも勝てないわ」

「んだとぉ――」

「やっちまえ！」

華奢な女ひとりにからかわれ、男たちは激高する。ほかの三人が一斉に襲いかかってきた。

「ハッ――」

香純が手首をサッと返すと、鉄筋に巻きついた鎖がはらりと解ける。

登山用ナイフを持った男が、懐めがけて抉り込んでくる。

「死ねえっ」

鋭利な刃先が革ジャケットをかすめた。

これをなんとか避けた香純だが、そこへ追い打ちをかけるように、三段ロッドが側頭部に突き出された。

「くっ……」

至近距離では分銅を投げつけられない。香純はとっさに鎖を両手で持ち、ロッド男の顎に引っかけるようにして、空中にひらりと飛び上がる。

宙でくるりと回転し、背後から男の首を締めあげる恰好になっていた。

「ぐはあっ！」

喉から嫌な音を出してロッド男が崩れ落ちる。

「おいっ、マサ。大丈夫か」

「このアマ、何しやがる」

「やっぱやべえぞ、こいつ」

一人やられると、男たちは怯んで遠巻きになった。

ところが、部屋にひとりの大男が入ってくると、空気は一変した。

「おうっ、お前ら。こんなアマ一匹に何を手こずってやがる」

そう言ってのっそり現れたのは、ジャージ姿の松井竜祥だった。

六本木の店で見かけた男であり、その後、覇龍会の若頭であると調べをつけていた。

ホンミが現れるのではと思っていたので、松井の登場は意外だった。

「貴様っ、人質をどうした？　無事じゃなかったら、ただじゃおかないわよ」

「ほう、ただじゃおかなけりゃどうしてくれるんだい、お嬢ちゃんよ」

一方の松井は余裕綽々《しゃくしゃく》だ。眼光鋭く香純を睨みつけながら、口の端には不気味な笑みを浮かべ、のっしのっしと迫ってくる。

他の手下どもは、松井が通る道をサッと空けた。

「お前さん、サツだろう？　どう見ても堅気《かたぎ》じゃねえようだし、かといって極道にも見えねえ」

「そう思うのなら、観念して投降したらどうなの。覇龍会の松井さん」

「ほう、俺のことを知ってるらしいな。けど、おもしれえのはよ、見知りのダンナに聞いても、おめえみたいな女は知らねえっていうんだ」

おそらく裏でつながっている刑事に尋ねてみたのだろう。だが、警察でも香純が特殊捜査官であることを知る者はほとんどいない。

松井は、香純の目の前まで近づいた。

「お前さん、いったい何者だい」

「あなたたちみたいな犯罪者を憎む者よ」

返事を聞いて、松井は呵々大笑《かかたいしょう》した。

「こりゃいいや、傑作だ。正義の味方でございい、ってか——まあ、いい。おめえが内調だろうと公安だろうと関係ねえ。邪魔者は排除するだけだ」

彼が言う内調とは、内閣調査室のことだ。推測は外れていたが、香純がなんらかの特殊任務に就く諜報員であると目星をつけていたらしい。

香純は一歩も引かぬ構えで対峙していたが、内心不安も感じていた。松井はただの暴力団員ではない。体中から発するオーラが死の匂いを漂わせていた。

(やるか、やられるかだ)

あらゆる格闘術を身に付けてきた香純でも、この男は危険だと感じていた。生半可《なまはんか》な覚悟ではこちらがやられてしまうだろう。

松井がさらにグッと顔を側寄せてくる。

「けどよ、よく見ると可愛い顔してんな」

「つく。それ以上近寄るな」

「へえ、どうしてだい。あんただって嫌いなほうじゃないんだろう」

言いながら、松井の目が据わってきた。澱《よど》んだまなざしが香純の全身を舐めまわす。

ジャストサイズのつなぎは、女らしいボディラインを目立たせていた。

（この男――）

香純が別の意味で身の危険を感じはじめたときだった。

「おらあっ」

胴間声《どうまごえ》を張り上げて松井が襲いかかってきた。

香純はとっさに身構える。

ところが、それは巧妙な罠だった。一対一で闘うと見せかけておいて、その隙に手下どもが一斉に香純の手足を押さえつけてきた。

「あ……やめろ。離せっ」

香純はとっさにもがくが、意表をつかれた上、四人がかりで来られては敵わない。

さらに松井が大きな身体で正面から浴びせ倒してきた。

「おとなしくしな」

「ぐっ……」

気づいたときには、香純は松井にのしかかられていた。手足もそれぞれ男たちに押さえつけられて身動きできない。

松井は早くも息を荒らげていた。

「ホンミの言うとおりだったな。おめえは罠とわかっていても、必ず一人で来るってな。飛んで火に入る何とやら、ってやつだ」

「……っくぅ」

やはり指示を出しているのはホンミなのだ。

その間にも、松井はつなぎのジッパーに手をかけていた。

「俺はそんな女殺《や》っちまえばいい、って言ったんだがよ。ホンミがおもしれえことを思いついたっていうわけよ。おめえみたいなモンは殺しちまうより、もっと惨《みじ》めな制裁があるってさ」

「やめてえっ」

ジッパーが開かれ、胸の谷間があらわになる。松井は歓声をあげた。

「ひょーっ。きれいな谷間してんじゃねえか。興奮するぜ」

男の熱い息がかかっていた。このままでは犯《や》られてしまう。香純は抵抗するのをやめて、四肢の感覚に意識を集中する。

（いける。ひとつ、ふたつ、みっつ――）

心の中でタイミングを推し量り、一気に手足を縮めた。

「あれっ」

「おっ……？」

すると、男たちが一斉に驚きの声をあげた。押さえつけていたはずの手や足が、いきなり消え去ったように感じたのだ。

「――なんだ？」

松井も驚いていた。今まで身体の下にあった女体がふいに消えたのだ。気づいたときには、空のつなぎを五人がかりで押さえつけていた。

そのとき香純はすでに難を逃れ、宙に飛び上がっていた。革のつなぎを脱ぎ捨てて、脱皮するように拘束から逃れたのだ。これぞ淫術「羽衣《はごろも》」であった。

男たちはパニックになり、わらわらとつなぎから離れる。

「くそっ。あのアマ、どこ行きやがった」

「ここよ」

背後に立っていたのは、下着姿の香純だった。

ふたたび五対一の睨みあいとなる。他の四人だけなら楽勝だが、松井がいる限り、形勢の不利は否《いな》めない。香純は逃げ道を探した。

ところが、玄関のあるほうには三人が身構えている。

反対側には、松井ともう一人が立っていた。窓も無理だ。

「くそっ」

追いつめられて、香純は雑魚《ざこ》三人を選んだ。ダッシュで間をすり抜けようとするが、男たちは技の差を物量で防いできた。三人して身を投げ出してきたのだ。

「潰せ、潰せえっ」

「ぎゃっ……」

二人、三人と体重が香純を押し潰しにかかってくる。

そこへ悠揚と松井が近づいてきた。

「楽しませてくれるなあ、姉ちゃんよ。そうでなくちゃな」

彼は香純を見下ろしながら、下卑た笑みを浮かべてズボンに手をかけた。

「なっ、なにをする気？」

「えへへ。わかってんだろうが。いいことだよ」

嫌な予感通りのことが起きた。松井は手下どももいるなか、平然と下半身を丸出しにした。毒々しいペニスが隆々と鎌首《かまくび》をもたげている。

香純は勃起した逸物《いちもつ》を目にして息を呑んだ。

「くそおっ、離せえっ」

必死に抗うが、まるで身動きできない。松井が覆い被さってきた。

「へっ。色気のねえパンツ穿いてやがる——ま、いいか」

「若頭、早くヤッちゃってくださいよ」

「このアマ、ヒーヒー言わせちまいましょう」

押さえつける手下たちも、息を荒らげて興奮している。

使い込まれた亀頭は赤黒く、透明の涎《よだれ》をしたたらせていた。

「天国へ連れて行ってやるぜ、女デカさんよ」

角張った指が、スポーツタイプのパンティをめくった。怒りに反り返った肉棒が湿った暗がりを求めて迫ってくる。

「——すうっ」

香純は目を閉じて息を吸った。手足は動かせない。だが、このままでは松井の極太ペニスを無理矢理挿入されてしまう。

「へっへっへっ」

松井は下卑た笑いを漏らし、腰を接近させていく。

だが次の瞬間、香純は一気に力を解き放つ。

「ハッ――」

気合いとともに、膝を引き寄せるように持ち上げ、勃起物の進行を両側から挟んで止めたのだ。

「うがあっ……ってえ、なにしやがる！」

膝頭に急所を潰され、松井が悲鳴をあげる。

香純が繰り出したのは、淫術「黒刃取り」であった。白刃取りと同じく敵の攻撃を防ぐ技で、くノ一が犯されそうになったときに発揮する。

「くそおっ。このアマ、味な真似してくれるじゃねえか」

松井はまだ股間を押さえて悪態をついていた。この隙を逃すてはない。香純は立て続けに攻勢に出た。

ぷっ、ぷっ、ぷっ、ぷっ――。

顔の向きを変えながら、手下四人に向かって、口から含み針を放つ。

「いてっ」

「うっ……」

とたんに男たちは、顔や首を押さえて痛みを訴え始めた。

縛《いまし》めが解かれた香純は素早く起き上がる。

「逃がすか」

転がるように松井の膝元へ近づくと、おもむろに股間の物をつかんだ。

「ぬおっ……？」

さすがの松井も不意をつかれて驚いている。今しも犯そうとしていた相手が、反対に男の逸物をつかんできたのだから無理もない。

香純は嫌悪感を覚えつつも、太茎を両手でしっかりと握る。

「おい、おめえ何を――」

急所をつかまれた松井はうろたえた声を出す。握りつぶされるとでも思ったのだろうか。

ところが、香純がしたのは別のことだった。握った両手を開き、手のひらで肉棒を挟むと、錐《きり》を揉むように激しく擦り出したのだ。

「うあああーっ！」

とたんに松井は悶絶し始め、頭を抱えてのたうち回った。醜悪な亀頭からは先走り汁がドクドクとあふれ出した。

しかし、いくら暴れようと香純は逃がさない。

「もう少し。あきらめなさい」

彼女は言いながら、錐揉み動作を続けた。あまりの激しさに、やがて肉棒から煙が立つのではないかと思われるほどだった。

松井は仰向けに倒れたまま懊悩《おうのう》していた。

「ハアッ、ハアッ。ヤバイって、もう……」

先ほどまでの獰猛《どうもう》な男と同じ人物とは思えなかった。荒く息を吐き、身悶えながら、快楽に抗えないようだった。

香純が仕上げにかかる。根元から亀頭にかけて這い上るように刺激した。

「それっ、それっ」

「うあ……ダメだって。おお……だはあっ！」

ついに白濁した噴水が放たれた。松井は呻き声をあげると、いきり立ったペニスの先から精液が勢いよく飛び出した。

射精すると同時に香純は身を避けていた。

「たっぷり楽しむといいわ」

「おおっ……また……ぐああっ」

しかし、ただ射精して終わりではなかった。止まらないのだ。松井は何度も絶頂の呻き声をたてた。その都度、新たに白濁液が噴き上がった。

これぞ淫術「筒絞り」であった。手淫で刺激を与え、あるツボを押すと、肉棒はとめどなく射精し続けてしまう。男の精を絞り尽くす恐ろしい技である。

「おうっ。おおうっ、ぬあ……」

松井は止まらない快楽に苦しんでいた。畳の上を七転八倒しながら、ときおりドロッとした白濁液をまき散らしていた。

普通の男なら、これでもうしばらくはまともに動けないはずだった。香純は立ち上がって部屋から逃げ出そうとした。

「待て……ううっ。にっ、逃がすか――」

ところが、なんと松井はまだ闘志を失っていなかった。連続絶頂に苦しみながらも、這うようにして香純にすがりついてきたのだ。

「くそっ。離せ、しつこい男ね」

「絶対ヤッてやる」

執念はすさまじかった。香純は足蹴にしようとするが、松井は全力で逃がすまいと押さえつけた。

そして、ついにまた覆い被さられてしまった。

「オマ×コ、出せ。ブチ込んでやる」

「イヤよ。離しなさい」

取っ組み合いの最中も、射精は続いていた。とはいえ、さすがに連続して出し過ぎたのか、徐々に量は少なくなっている。

しかし、肉棒はお構いなしに勃起したままだった。

「オマ×コ刑事め――」

そう言う松井の目は据わっていた。

(この男、狂ってる――!)

香純は戦慄を覚えた。異常なほどの性欲の持ち主なのか、それとも勝負にこだわる執念なのかわからないが、ともかく尋常でないのは確かだった。

そんな松井に戦《おのの》いていた隙に、手足を手下の男たちにつかまれてしまった。これで香純は身動きがとれなくなった。そして、松井はペニスを彼女に突き入れようとする。

(お祖母《ばあ》さま、私負けてしまうかも)

思わず心に浮かんだのは、祖母のことだった。香純は祖母からくノ一としての技術を一から叩きこまれた。その訓練の中には淫術もあった。

戦国時代の「歩き巫女」を祖とするくノ一は、伝統的に遊女に扮することが多かった。往来に制限のあった当時、比較的自由に旅のできる職業だったからだ。

そのため淫術も発達した。ときによって、くノ一は体を張ってでも情報を引き出す必要がある。祖母もそうして国に役立ってきたと言い聞かせられていた。

（でも、お祖母さま。私は――）

香純とて国に殉ずる気持ちは変わらない。だからこそ警察官になったのだ。くノ一としての誇りもある。だが、淫術に関する考え方は違っていた。自ら肉体を与えて任務を果たすやり方には反発を覚えていた。

だが、窮地を脱するためには理を曲げることも必要なのかもしれない。

「――っく」

ところが、香純はツイていた。ふいに松井の携帯が鳴ったのだ。

「ちっ。なんだ、こんなときに」

松井は舌を鳴らしたが、かかってきた相手を見て電話に出ることにしたようだ。

香純は息を殺して様子を窺っていた。

すると、やがて松井は電話を切ると、香純の上から退いて立ち上がった。

「おい、こいつを縛って転がしておけ。俺は出かける。いいか、逃げねえようにちゃんと見張っておくんだぞ。あとできっちりハメてやるからな」

「わかりました、若頭」

そして松井は部下のうち二人を連れて、部屋から出て行った。

とりあえずの危地を脱した香純は脱力していた。手下たちに縛られている間も、抵抗するのを忘れているようだった。

永吾は相変わらず意識が朦朧としたままだった。すぐそばには、着衣を乱した昇太郎と佳乃の夫婦も転がっている。

「清水、起きてるか」

「んあ？　ああ」

「佳乃さんは？」

永吾は佳乃にも声をかけるが、答えたのは昇太郎だった。

「生きてるよ、なんとかな」

人質三人のあいだには気まずい空気が漂っている。無理もない。先ほど昇太郎は、永吾と妻がセックスする横で、ホンミに弄《もてあそ》ばれていたのだ。

永吾も申し訳なさと恥ずかしさに責め苛まれていた。薬物を打たれたとはいえ、刑事としてはあるまじき行為だ。だが、犯罪に対する本能だけは失っていない。

「さっきも聞いたが清水、お前なんで身内に疑われているんだ？」

改めて尋問の続きをしようというのだ。昇太郎の声がトゲ立つ。

「うるせえよ。そういうてめえだって、身内のデカにやられたんだろうが」

「あなた、やめて」

佳乃がいたたまれずに口を開いたが、かえって夫の神経を逆なでしたようだ。

「黙れっ。お前はこの男とヤッたんだ。俺の目の前で」

「ひどい。あたしだって、したくてしたんじゃないのよ。わかってるでしょ」

「清水、奥さんの言うとおりだ。わざとじゃない。だが、謝るよ」

口々に言われ、昇太郎は半ば自棄気味に叫んだ。

「あー、うるさいうるさい。悪いのは全部あの女のせいなんだ！」

供述につながる発言に永吾はすかさず食いついた。

「あの女というと、ホンミとかいう北朝鮮工作員のことか」

「そうだよ。あのホンミが現れてから、松井さんは変わっちまった。北のスパイにハニートラップを受けて、まるで人が変わっちまったんだ」

昇太郎は、心酔する松井の変節に心を痛めていた。それまで親父と慕う田賀会長ひと筋で、任侠道を地で行く男が、ホンミの出現によって、忠誠心が揺らいできたというのである。

「それでよ、口座名義人のリストと銃器搬入の記録がある、ってあの女にメッセージを送ったんだ」

「あなた、あの女を脅迫しようとしたっていうの？」

「なぜそんな真似を――？」

永吾は啞然としてしまった。昇太郎は、覇龍会の関わる犯罪の証拠を隠し持っていたばかりか、それを武器にして脅迫しようとしていたというのだ。

「だってよ、そうすりゃあの女――ホンミの野郎を追い出せると思ったんだ。やっぱり外国人なんか信用できない、ってなるだろうし。そしたら松井さんだって、きっと元の若頭に戻ると思って――」

つまり、ホンミは故あって清水夫妻を捕らえたのだ。

「チクショー！　みんな嫌いだあっ」

昇太郎は涙声で叫ぶと、子供のように顔を埋めて泣き出してしまった。

香純はしばらく動けなかった。危うく犯されるところだった。松井の禍々《まがまが》しい巨根が脳裏から離れない。

（でも、早くここから脱出して、佳乃さんたちを助けなきゃ）

土足で踏み荒らされた団地の部屋は、以前来たときよりも惨めな状態になっていた。一時でも夫婦が寝起きした場所とは思えない。

見張りは二人残った。最初に木刀を折ってやった男は、台所でビールでもないかと冷蔵庫を漁っている。もう一人のナイフ男は、部屋の片隅で手持ちぶさたに座りこんでいた。

（やるしかない――）

香純は心中密かに覚悟を決める。先ほど松井に犯されそうになったとき、思い浮かんだのは祖母のことだった。淫術をめぐる見解の相違。だが、彼女がピンチに陥《おちい》ったとき、救ったのもやはり淫術のおかげだった。

「ちょっとお兄さん。手首が痛いんだけど、縄を緩めてくれない」

彼女が呼びかけると、ナイフ男は面倒くさそうに顔を上げた。

「ああ？　んなもん、我慢しろ」

こうした反応は予想通りだった。しかも、すでに香純は後ろ手に縛られたロープを自力で解いていた。縄抜けなど基本中の基本だ。だが、玉鎖はさっき取り上げられてしまったし、含み針も底をついた。武器は限られている。

すると、香純はわざと甘えた声で言った。

「あ〜ん、喉が渇いちゃったよぉ。お水が欲しいよぉ」

これにもナイフ男はしばらく無視を決め込んでいたが、香純が再三にわたり泣き言をわめき散らすので、しまいには相手にせずにはいられなくなる。

「あー、もううるせえな」

彼は言うと、部屋の隅に転がっていたガムテープを拾った。口を塞いでしまおうというのだろう。

「これで静かになるだろ」

そう言って屈んだ男の目を香純はジッと見つめる。

「あなたは私から目が離せなくなる――」

「う……なんだ？」

とたんに男の手がとまる。「色眼光」で動きを封じたのだ。

しかし、それだけでは足りない。香純はさらに囁きかけた。

「私の唇を見て――そう。見惚れてしまっていいのよ」

「あうあ……プルプルの唇。喰っちまいてえ」

「いいのよ、好きにして。でも、あくまでやさしくね」

香純は言うと、キスをねだるように顎を持ち上げた。

ナイフ男の充血した目が喜びに輝く。

「マジでいいのか！　おお、タマンねえ――」

いかつい顔を歪ませて、唇をタコのように突き出す。香純はその唇を受け入れたばかりか、おもむろに歯を開いて、舌を相手の口中に差し入れた。

「んぐ……ん……」

「んふぉう……んむぅ」

男は荒い息を吐きながら、無我夢中で舌を貪った。ゴクゴクと喉を鳴らし、唾液を啜《すす》りあげている。

だが、このとき香純は口中に仕込んでいたカプセルを割り、中のペースト状になった物も一緒に送り込んでいた。

「んふぅ、んんっ」

「んぐ……ごくり」

異物は意識されることなく、ナイフ男の喉に流し込まれた。嚥下《えんげ》したのを確認すると、香純はすぐさま唇を離した。

淫術『口移し』――。

しばらく見ていると、やがて男の目が霞がかってくる。ペースト状の物は、薬草を調合して練ったものだった。主に精神を安定させる効能がある薬剤だが、反面、意思の力が弱くなり、こちらの言うなりになってしまうものだった。

「あー、うー」

男は幼児化したように唸っていた。命令がないと何もできない状態に陥っていた。

香純は解いた縄を外し、立ち上がった。

「あなた、銃は持ってる？」

「うう、うう」

「持ってるのね。なら、それを天井に向けて撃ってちょうだい」

「うう？」

香純に命じられるまま、男は懐から拳銃を取り出した。

「いい？　天井に向けて撃つの。全部なくなるまで」

「うう！」

男はうれしそうに頷くと、本当に銃を発砲し始めた。

「おいっ、何事だっ⁉」

駆けつけた木刀男が見つけたのは、錯乱して銃を乱射する仲間の姿だった。

「どうしたってんだ？　おい、落ち着け」

「ううっ！　ううっ！」

だが、ナイフ男はまるで聞く耳を持たない。木刀男と香純は乱射を避けて、部屋の隅に縮こまっていた。

「ううっ……うう」

弾が尽きても、錯乱した男は引き金を引き続けた。

チャンスだ。香純は隙を逃さなかった。部屋の対角にいた木刀男めがけて一気に飛びかかる。

「うわあっ、やめろ」

木刀男の抵抗は弱かった。ふと目を離した隙に、仲間が錯乱してしまったのがあまりにショックだったのだろう。

香純は素早く背後に回り、チョークスリーパーで絞め落としていた。

「急がなきゃ」

脱がされた服を着直し、香純は団地をあとにした。

第四章　女忍者の秘事

警視庁組織犯罪対策部には張りつめた空気が流れていた。都内で頻発する銃撃事件に忙殺され、捜査員たちはピリピリしていた。

散漫なざわめきのなか、一喝する胴間声が鳴り響く。

「おいっ、新宿三丁目の報告書をまとめたのは誰だ！」

「はい、時貞《ときさだ》係長。俺がやりました」

一人の若手刑事が手を上げる。時貞宗之《むねゆき》は顎を動かし、デスクへ招き寄せた。

「何か、問題でもありましたか」

推参した若い刑事は恐縮しきっていた。それも無理はない。組対の時貞と言えば、泣く子も黙る鬼刑事として知られていたのだ。

宗之は、達磨和尚《だるまおしょう》のような目でギロリと若手を見据える。

「泰造《たいぞう》、またお前か」

「は。申し訳ありません」

泰造と呼ばれた刑事は、ますます震え上がる。自分が何をミスしたのかも聞かないうちから、ひと睨みされただけで謝罪した。

宗之は嘆息した。彼のミスは疲労困憊《こんぱい》しているせいだ。若手刑事の目の下は隈《くま》で真っ黒だった。

（圧倒的に人員が足りない）

現場を指揮する中間管理職として、員数の問題にはいつも頭を悩ませている。暇なときはいいが、事件が重なると、とたんに忙しくなる。事件は待ってくれない。

今の場合は、連続する銃撃事件がネックだった。半年ほど前から、異様とも思えるペースで銃器が国内に持ち込まれている。それらの銃器は主に外国人マフィアに流れている。

宗之自身も疲れている。怒鳴りたいのをグッと堪え、思い直したように言った。

「まあ、いい。報告書はあとで直しておけ」

「はい、了解いたしました。失礼します」

若い刑事はホッとしたように一礼して立ち去った。

部下がいなくなると、宗之は背もたれに体重をかけて思案する。

（今回の密輸グループは、なぜ誰彼かまわず売りさばくのか？）

彼が最も疑問に思っているのはそこだった。通常でも、武器密売人は敵味方関係なしに商売することも多い。だが、今回のようなあからさまなやり方では、みすみす抗争を煽《あお》るようなものだ。

（あるいは、それこそが連中の目的なのかもしれんな）

日本国内が銃火器であふれ返り、ヤクザ・マフィア入り組んでの一大抗争に発展しかねない——そう思ったとき、宗之は背筋がゾッとするのを覚えた。


下りエレベーターが五階で止まると、どやどやと捜査員が乗り込んできた。

「すいません、降ります」

そう言ってフロアに出たのは、制服姿の香純だった。

香純はまっすぐに組対本部へ向かった。目には覚悟したような色が見える。

「失礼します——」

ドアを開けると、室内は閑散としていた。みな捜査で出払ったらしい。

だが、見渡すとデスクに残っている者がいた。香純はつかつかと歩み寄る。

「時貞係長、お伺いしたいことがあります」

考え事をしていた宗之は、しばらく経ってから女性職員が立っていることに気がついたようだった。

「ああ、すまん――ところで、君は誰だっけ」

「公安部総務課の天堂です。折からの銃器密売に関しまして――」

香純が矢継ぎ早に言おうとするのを宗之は手で制した。

「まあ、待て。なんで公安が関わってくるんだ。うちのヤマだぞ」

「ですが、今回の一連の取引には、外国人勢力が関わっています。銃器の氾濫はテロの可能性も否定できませんし、そうなれば公安も無関係ではいられません」

しかし、宗之は彼女の力説に鼻白《はなじろ》んだようだった。

「あのなあ、起きているのは、ヤクザやマフィア連中の抗争なんだよ。現実に対処しているのは俺たちなんだ。まったく、ただでさえ忙しいっていうのに、横からグダグダ言って邪魔するんじゃやねえ！」

最後の一喝などはヤクザ顔負けの迫力だった。というより、ヤクザそのものといったほうが近いかもしれない。長年、暴力団を取り締まってきた結果、彼のようにどちらがヤクザか見分けがつかなくなる者も多い。

意気込んでいた香純も、頑なな拒否に遭って考え込まざるを得ない。

（このままでは平行線ね。なら、しかたがない）

人質の救出は一刻を争う。手段を選んでいる場合ではなかった。

もう一度周囲を確かめるが、こちらを見ている人はいない。チャンスだ。

「時貞係長」

香純は呼びかけると、宗之の目をジッと見つめた。

「ん……なんだ……？」

上司のいかつい顔に狼狽《ろうばい》が走る。色眼光を使ったのだ。

傍から見ると、若い女性職員が身を乗り出し、真剣に刑事の話を聞いているように見える。しかし、話しかけているのは香純のほうだった。

「あなたには私しか見えない。心を解放するのよ」

「う……たしか天堂君、とかいったな。よく見るといい女だ」

泣く子も黙る組対の鬼刑事がヤニ下がっていた。貪るような目で香純の全身を眺めながら、興奮に呼吸を乱し始める。

「どう。興奮してきたんじゃない？」

「ハアッ、ハアッ。堪らんカラダをしているじゃないか、ええ？」

効きは十分なようだ。香純は聞きたいことを質問した。

「お楽しみはまだよ。その前に、覇龍会が借りている倉庫やビルに関する不動産情報が知りたいの」

「ああ、いくらでも教えるよ。同じ仲間だしな。けど、そんなことより天堂君のオッパイを吸わせてくれ」

宗之の直接的な言い回しに、さすがの香純も赤面した。

(こんなことを言わせてしまって、申し訳ありません。係長)

いくら必要だからとはいえ、敬意を払うべき上司にあられもない言動をさせているのである。香純は心の中で詫びるが、人命には変えられない。

「さあ、いい子だからファイルを見せて。お願い」

こうして香純はまんまと捜査資料を手に入れた。これで、覇龍会が監禁に使いそうな場所がわかる。事態は一刻を争っていた。

組対本部を出ると、香純は一階下の捜査二課にも立ち寄った。

「由奈ちゃん」

「あー、香純先輩。どうしたんですか、珍しい」

女子更衣室仲間の由奈は、意外な人に会ったとうれしそうな顔をした。

香純は、なるべくさりげない調子で訊ねた。

「最近、こっちの部署では変わったことはない？」

「え。変わったこと、ですか？　いえ、特には」

由奈は不可解そうに首を傾げる。この分なら、二課では永吾の失踪にまだ気がついていないらしい。

（普段から単独捜査が多いと言っていたし、団地で拉致されてからまだ二日は経っていない。今のうちに何とかしなくては）

「そう。それならいいの。ごめんね、忙しいのに」

確かめたいのはそれだけだった。香純はお礼を言って立ち去ろうとした。

だが、由奈は物足りないようだった。

「えーっ、もう行っちゃうんですか。せっかく会えたのに、ランチくらいしましょうよぉ。オムライスの美味しいお店、見つけちゃったんです」

「もちろん卵はゆるふわでしょうね」

「もっちぃ。ゆるゆるのふわふわでチョー美味しいですよ」

「そうなんだ、行きたいなあ。でも、ごめん。今日は無理なんだ。お昼休みに課全体のミーティングがあるのよね」

「えーっ、そうなんですかぁ。じゃ、残念だけどまたにします」

「うん。また必ず」

香純は、素直で明るい後輩が好きだった。だから、なるべく傷つけずに断りたかったのだ。由奈に別れを告げると、香純はそのまま地下まで降りた。


昼下がりの港は静かだった。倉庫が建ち並ぶ湾岸にも人の動きはない。

ただ一軒だけ、ある倉庫の入口には、目つきの悪い男が二人ほど所在無さげに立っている。

その様子を百メートルほど離れた物陰から観察する者がいた。

「外の見張りは二人か。中には何人くらいいるのかしら」

独りつぶやいたのは、カーキ色のブルゾンに同系色のスリムパンツを合わせた香純だった。髪は束ね、キャップを深く被っている。昼下がりの倉庫街という環境に溶け込んでいた。目立たない服装をするのは忍びの基本である。

覇龍会が管理する倉庫を見つけるのは簡単だった。組対の捜査資料のおかげだ。時貞係長に色眼光を仕掛けてまで口を割らせた甲斐があった。

だが、正面からいきなり突破するのは無謀だ。香純はいったん倉庫の裏手にまわりこんだ。

反対側に見張りはいなかった。敵もまさか一人で乗り込んでくるとは思ってもいないのだろう。先日、松井との乱闘に敗れた後ではなおさらのことだ。

（あの男に出会ったら、今度こそ倒してやる）

惨めな記憶がよみがえり、香純は闘志を新たにする。

彼女は足音も立てずに倉庫に忍び寄った。側面に入りこむと、背負ったリュックから円筒形のものを取り出す。

「ふうーっ」

呼吸を整え、慎重な手つきで壁に設置していく。円筒形の物は、手製の爆弾だった。古来より火薬と薬草は忍者の得意分野である。爆発はさほどの威力はないよう調整されていた。

香純は同じ物を反対の側面にもセットし、裏手正面には、先ほどの物より小さい円筒を数多く束ねたものを取り付けた。

爆薬をセッティングし終えると、香純は雨どいを足掛かりにして倉庫の壁面をよじ登っていく。高所にある窓が一カ所だけ開いていたのだ。

十五メートルの高さまで身軽によじ登り、室内の様子を改める。すると、まず目についたのがいくつもの大きな貨物だった。

ロシア製の銃器だろうか。人質と密輸品が同じ場所にあるとは意外に思える。銃器の密輸は大事件だが、いまは人質奪還が最優先だ。香純は目を凝らし、さらに室内を見渡す。

「いた」

最初は貨物が邪魔で見えなかったが、倉庫の中心あたりにある柱に縛りつけられている男女の姿があった。三人ともぐったりとうな垂れている。気を失っているようには見えないが、かなり意識は朦朧《もうろう》としているようだ。

彼らの他に室内には六人もの男がいた。いずれも覇龍会の人間だろう。外の手薄さに安心しかけたが、どうやら油断はできないようだ。男たちは暇に飽かせてサイコロで丁半博打に興じていた。

「待っててね。すぐに助け出すから」

香純は口の中でつぶやくと、窓から離れて地面に降りた。

そのまま側面伝いに正面へと移動する。見張りの二人は、入口扉を挟むようにして少し離れて立っていた。

「よし。いくわよ――」

香純はしゃがむと、ポケットから小さな装置を出した。爆薬の起爆スイッチだ。手始めに裏手正面に仕掛けた分を起爆する。

——ダダダダダダダッ！

爆竹を少し大きくしたくらいの爆薬は、連続して炸裂し、機関銃を乱射させたような音をたてた。

見張りの男たちは飛び上がって顔を見合わせた。

「おいっ、いまのなんだ」

「裏からだな。俺はこっちから行く」

すかさず男たちは二手に分かれ、爆発音のした裏側へと向かう。

側面で待ち構えていた香純は、駆け込んできた男の足を引っかけた。

「うわっ」

意表をつかれた男は声をあげて派手に転んだ。

「ごめんね」

間髪入れず、香純は男に含み針を浴びせて眠らせる。それからおもむろに残りの爆薬を起爆させた。

——ドォーン、ドォーン。

先ほどのものより大きな音が鳴り響いた。両側面から倉庫が揺さぶられる。敵は大がかりな襲撃を受けたと思い、右往左往していることだろう。

だが、それこそが彼女の狙いだった。人心を乱す陽動作戦だ。香純は手空きとなった正面にまわり、拾った木ぎれを投げつけてさらに煽った。

「出入りだあっ。配置につけえっ」

「返り討ちにしてやれ！」

倉庫内はパニックになっているようだった。男たちは正面と裏口それぞれを守るために分かれているはずだ。六人いっぺんに相手するのは厳しいが、三人ずつならどうにでもしようがある。

やがて正面の扉が開きはじめた。

（きた……）

香純は飛び込もうとしたが、扉が開いたとたん銃が乱射された。
（チッ）
しかたなく扉の脇まで移動して踏みとどまる。

「おらあっ、出てこい。蜂の巣にしてやらあ」

「ウジ虫どもがあっ、ブッ潰せえええっ」

男たちは口々に罵声を浴びせながら撃ちまくった。一見、威勢が良く思えるが、相手も確かめずに乱射していることから、彼らが心中怯えているのはわかる。

香純は銃撃に耳を澄ませた。

「PP―19だわ」

やはりイズマッシュ社製の短機関銃の音だった。これが軍隊なら汎用の武器と言えるが、ヤクザの下っ端に持たせるにしては高級すぎる。つまり、それだけ物量は豊富だということだ。

やがて乱射が収まったのを見計らい、香純はなるべく姿勢を低くして、静かに扉の中へと滑りこんだ。

正面に敵は三人。梱包資材やフォークリフトを盾にして銃を構えている。

「来たぞ。そこだ、撃てえっ」

だが、敵の一人に見つかってしまった。一斉に銃弾が雨あられのごとく降りそそぐ。

香純は必死に転がり、飛び退《すさ》っては弾をよけた。敵が銃器に慣れていないのが幸いだった。

しかし、香純もやられてばかりではない。手にした手裏剣を次々と男どもをめがけて投げつけたのだ。

「ぐああっ！」

「いでえっ！」

一人の男には肩に、もう一人の男には顔にヒットした。彼らは悲鳴をあげて銃を放り出し、床をのたうち回った。

ところが、この騒ぎに裏を固めていた残り三人も気がついた。

「おいっ、あっちだ。敵が入り込んだぞ」

「回れ、回れっ」

やっと二人倒したと思ったら、今度は四人の相手をすることになった。しかし、このまま銃を乱射されては人質たちも危ない。

虎穴に入らずんば虎児を得ず。香純は男たちの間に飛び込んだ。

無防備に姿を現した襲撃者に、男たちが慌てふためく。

「この野郎っ――」

「わっ、撃つなバカ。同士討ちになるぞ」

恐怖からか反射的に銃を放った男に対し、仲間が罵声を浴びせる。敵味方入り乱れての混戦となっては、大ぶりな短機関銃など邪魔になるだけだった。

香純は大胆にも全身をさらして立ちはだかる。

かもしれない。

「どうしたの。相手は女一人よ。どこからでもかかっていらっしゃい」

不敵な挑発を受けて男たちは憤った。敵が華奢な女一人とわかり、少し安心したの

「おっしゃ。いい度胸じゃねえか、姉ちゃん。やったるぜ」

「飛んで火に入る夏の虫、ってやつだな」

口々に言うと、ある者は銃を捨て、またある者は銃を鈍器に見立てて構えては、ジリジリと彼女を取り囲んでいく。

しかし、接近戦ならむしろ香純にとって好都合だった。それとなく四人を観察し、それぞれの力量を推し量った。

(三人は素人ね。でも、背の低い男だけは格闘術を身に付けているようだわ)

男たちの体つき、身のこなしからおおよそのことはわかる。四人のうち、背の低い角刈りの若い男は要注意だ。真っ先に銃を捨てたのもその男だった。

香純はここでも自分から仕掛けていった。

「そっちから来ないなら、こちらから行くわよ」

そう言うと、彼女はまっすぐにサングラスの男に向かった。腰だめに低く身構えて、一気に懐へ飛び込んでいく。

「どわっ……」

見事なタックルで男は倒されていた。手にした小銃が床に転がる。

「──ハッ」

香純は素早く背後をとり、首の後ろを手刀で叩きつけた。一瞬で男は失神する。

あっという間に一人伸されて男たちは激高した。

「野郎っ、舐めた真似しやがって」

「ブッ殺してやる」

叫びながら、二人同時に襲いかかってくる。

だが、下っ端ヤクザ風情など、香純にかかれば相手にならない。一人は玉鎖で頸動脈を絞められ、もう一人は急所を蹴り上げられたあげく、顎の関節を外されて身動きできなくなってしまう。

「これで、残るはあと一人──」

さすがの香純も息が上がっていた。しかも、最後に残ったのは厄介な角刈り男だった。だが、もうひと息だ。

「おっと、粋《いき》がるのはそこまでだぜ。姉ちゃんよ」

角刈り男が立ちはだかる。構えからすると、打撃系のファイターのようだ。

「さあ、どうかしらね」

香純も間合いを詰めていく。背が低い分、リーチは短いはず。相手の殴打が届かない距離を保って睨み合う。

ところが、男が繰り出したのはハイキックだった。

「ふんっ――」

蹴りは速く、油断していた香純はまともに喰らいそうになるが、すんでのところで腕を振り上げて打撃を防いだ。

「ぐっ……」

おかげでノックアウトされることはなかったが、上腕に骨まで響くような痛みが走る。思わず香純は体勢を崩していた。

その隙を見逃さず、角刈り男はボディブローを放ってきた。

「うらっ」

「ぐはっ」

体格が小さい分、重さはないが、まっすぐに響くパンティだった。香純は反射的に腹筋を絞めたが、内臓を抉《えぐ》られて呼吸ができなくなる。

苦しげに二つ折りになった女を見て、角刈り男は勝ち誇った。

「バーロー。女一人で何ができるって言うんだよ」

「つく……」

香純はキャップの鍔《つば》から男のステップを窺う。チャンスは一度だ。もし、あのハイキックをもらえば、一発ＫＯは間違いない。

「へっ、見張りなんざつまらねえと思ったけど、結構おもしれえじゃねえか」

角刈り男は余裕綽々だった。先ほどより足の運びもリズミカルに、シャドー打ちをしながら迫ってくる。

だが、その余裕が油断を招く。香純は、踵を浮かせた男の足が、一瞬だけ地面につくタイミングを見逃さなかった。

（今だ――！）

突然すっくと身を伸ばし、大胆に足を一歩踏み出す。

香純が射程圏内に入ってくると、男は反射的に右ストレートを繰り出した。

だが、香純には予測がついていた。わざと誘い水をかけたのだ。男が足を踏み込んだ瞬間、彼女はまるで凪にしなるススキのように背中を反らした。

男の拳が空を切る頃には、香純は見事なバク転を決めていた。

「おっ……？」

男からは香純の姿が急に消えたように見えただろう。一発KOを狙い、体重を乗せたパンティの空振りで、男は思わずたたらを踏んだ。

この瞬間を待っていたのだ。香純は低い構えから立ち上がると、男めがけて走り寄り、そのまま男の体を壁にして駆け上がったのだ。

膝、胸、と一歩ずつ足掛かりにし、三歩目で男の顔面を正面から思い切り蹴り飛ばした。

「ぐあぁーっ！」

彼女の軽業《かるわざ》のような攻撃に、角刈り男は崩れ落ちていた。

外の見張りがもう一人残っているはずだったが、すでに姿を消していた。恐ろしくて逃げてしまったのだろう。

その後、香純は男たちをひとまとめにして柱に縛りつけておいた。

「これでよし、と――」

こうして敵をすべて一人で倒し、ようやく香純は人質たちに近づく。

三人とも正体を失っていた。意識はかろうじてあるようだが、香純が来たことにも気がつかない。昇太郎などは呻き声をあげて、口の端からよだれを垂らしている。永吾もまた同様の状態だった。

そのなかで、佳乃だけが目を開けた。

「あ、香純さん……」

「助けに来たの。もう大丈夫よ」

「注射を……変なクスリを打たれてしまって――」

それだけ言うと、佳乃はまたぐったりしてしまった。

どうやら薬物を無理矢理注射されたらしい。一刻も早く病院に連れて行かなくてはならない。

だが、今ここに警察を呼ぶわけにもいかない。そんなことをすれば、彼女自身の身を明かさなければならない。永吾の意向も確かめておく必要があった。

そこで香純は離れた場所に停めた車を倉庫の入口まで回し、半睡状態の三人を一人ずつ乗せていった。

「ふうっ」

ひと仕事終えると、彼女は倉庫内の貨物をあらためた。だが、中身は銃器ではなかった。見たところ大型のコンピューターのようだった。それが何十台とある。ほかにも小さな箱があった。その中には、コンピューターメモリやハードディスクのような部品がぎっしり詰め込まれていた。

香純にITの知識はない。それらが何であるかはわからなかった。だが、おそらくは仮想通貨絡みで必要な機材なのだろう。

「どうせ後でわかることだわ」

彼女は独りごちると、永吾たちを乗せた車を発進させた。病院は、G2で輝正が懇意にしている所を選んだ。そこの院長なら口が固い。


警視庁公安部G2隠し部屋。

香純は人質を無事救出したこと、および倉庫で発見したコンピューター類について、上司に説明を終えたところだった。

「――報告は以上です」

余計な弁明は一切しなかった。捜査中止命令が出ていたにもかかわらず、勝手な判断で動いてしまったのだ。命令無視を咎《とが》められてもしかたがない。

輝正は、部下の報告を最後まで黙って聞いていた。顔に刻まれた皺は、彼の長い警察人生を物語っているようだった。

香純が神妙に沙汰を待っていると、ようやく輝正が口を開いた。

「清水夫妻も、菅原刑事も命に別状はなかったんだな」

「はい。打たれた薬物も徐々に抜けるそうです」

「そうか。ならばよかった」

それだけ言うと、輝正はまた黙ってしまう。てっきり叱責されるものと思っていた香純は意外に感じる。だが一方で、人命を優先する上司らしい反応だとも思った。

それでも彼女が命令違反をしたことには変わりない。

(よくて謹慎、悪くすれば懲戒免職もあり得る——)

グレー一色の室内に沈黙が重くのしかかる。

ところが、ふいに輝正は持参したファイルを取り出す。こんなに早く処分が下るとは思えない。香純が何事かと思っていると、上司は説明を始めた。

「延岡憲介、五十八歳。元法科大学院教授で、現在は国家公安委員会のメンバーを務めている」

資料は延岡に関するものらしかった。香純は黙って続きを待った。

「延岡は教授時代から保守主義を標榜していた。といっても、どちらかと言えば穏健な保守主義だった。ところが、ある時期を境にして、かなりラディカルな主張をするようになった」

そう言って輝正は、延岡がかつて書いた論文を取り出した。

「とくに最新の論文では、『総理大臣による緊急事態の布告』を提言している。年々増加する外国人マフィアやテロを未然に防ぐため、警察力の強化を熱烈に主張し始めたのだ」

輝正の言う「総理大臣による緊急事態の布告」とは、たとえば大災害や外国の侵攻などの緊急事態が発生し、国内の治安が混乱する状況が生じた場合、治安維持を図るために必要と認められたときに発することができる、とされるものだ。布告は国家公安委員会の勧告に基づいて行われなければならないが、これまで実際に発動されたことはない。

ここまで聞いて、香純は黙っていられなくなる。

「待ってください。すると、延岡は警察力の強化を実現するために、わざと北朝鮮に手を貸し、治安を悪化させているというのですか」

「うむ。マッチポンプというやつだな」

主張が先鋭化したのは、娘の不幸な事件があったせいだろう。そこまではまだ理解できる。しかし、そのために地位を利用し、国内に銃器を蔓延《まんえん》させるとなれば、同情の余地はない。重大な犯罪行為だ。

思わず香純の頭に血が上る。

「室長、そんな男を国家公安委員会のメンバーにしておくわけにはいきません。いくら目的が警察力の強化と言っても、やっていることが非道すぎます」

部下が感情的になるのを輝正は静かに見守った。

「その通りだ――だが、天堂君。君のしたことも褒められたものではないな」

「あ……。申し訳ありませんでした」

逆上しかけていた香純は、冷水を浴びせかけられた思いだった。上司の言うとおりなのだ。指揮系統を無視して突っ走ることは、警察機構の中で許されることではない。

ふと日景庶務係長に言われた言葉を思い出す。

意気込んだ部下が消沈する姿を見て、輝正はあとを続けた。

「だがな、事はわが国の治安に関わる。このまま放置していい話ではない」

「もちろん。ですが……」

「うむ。とはいえ、相手は腐っても国家公安委員会だ。下手に手出しはできない。確実な証拠を揃えろ、との条件がつけられた」

輝正の微妙な言い回しに香純は気がついた。

「え……というと、中止命令が撤回されたのですか」

話によると、あれから輝正は警視総監に直談判したらしい。バランス感覚に長《た》けた現在の総監は中止命令の撤回を渋ったが、さすがに国の中枢に利敵行為をする人間をおいておくわけにはいかないと、最後は納得してくれたという。

「そこでだ。総監は中止命令の撤回はせず、改めて総理からの別件として隠密捜査の許可を取り付けていただいた」

「本当ですか？　ありがとうございます」

思わず香純は深々と頭を下げていた。これで捜査に戻れる。喜色に輝く部下の姿に、輝正の表情もやや緩んだようだった。

「お礼なら総監にするんだな。それより天堂君、頼んだぞ。君のことは、お祖母様からくれぐれも頼まれているのだから」

「はい。気を引き締め直してかかります」

「うむ」

室内の緊張した空気がしばし和《なご》んだ。実は、香純の祖母は輝正の恩師でもあった。戦時中、陸軍中野学校でも活躍したという祖母は、戦後になって一時期警察学校の臨時講師を務めていた。学生だった輝正は、その頃に祖母に師事を仰いだという関係だったのだ。

しかし、特殊諜報課に縁故を偲《しの》んでいる暇などない。話題は、永吾たちが監禁されていた倉庫で見つかった貨物のことに移った。

「その大型コンピューターの類だが、どうやら仮想通貨のマイニングに使われる機材らしい」

「マイニング、ですか――」

マイニングは英語で「採掘」を意味する。仮想通貨におけるマイニングとは、簡潔に言うと、仮想通貨の暗号化システムおよび取引履歴の記録システムに参加することを指す。

仮想通貨の発行や取引は、P2Pと呼ばれるネットワーク上で行われる。任意の参加者はこのネットワークにつながり、取引履歴の記録などにかかる膨大な演算処理を分散して受け持つことになる。

さらに仮想通貨は、この複雑な処理によって新たに発行されるという特徴がある。参加者は「マイナー」と呼ばれ、演算能力を提供する代わりに、仮想通貨の送金手数料や採掘によって報酬を得られる仕組みだ。採掘した仮想通貨は市場で売ることができる。

その辺りは、香純も以前に調べたからおおよそのことはわかった。

「かつてはマイニング業者と言えば、中国がほとんどを占めていたそうですね。それが昨年九月に政府から全面的に禁止された」

「そこで行き場を失った業者らが頼ったのが、北朝鮮というわけだな」

話し合っているうちに、香純はピンとくるものがあった。例の団地で感じた妙な暖かさだ。あれは、おそらくマイニングに使うコンピューターが発していた熱なのだろう。大型のものが団地中に設置されているなら、十分にあり得る。

昇太郎はそのマイニング工場の管理人として、あの場所に住んでいたのだろう。だが、なんらかの事情があって夫婦ともども監禁されるはめになったようだ。

「室長。私もう一度、桜丘の団地に行って確かめたいと思います」

香純は急いで隠し部屋から出た。

ちなみに、倉庫で見つかったハードディスク類だが、これはハードウォレットといって、所持する仮想通貨をネットワークから切り離し、安全に保管しておく金庫のようなものだ。逃げ遅れて塩漬けになった中国人投資家の仮想通貨を日本の取引所で換金する目的と思われる。

まもなく香純は団地に着いたが、あまり期待はしていなかった。

(私や菅原刑事に踏み込まれたからには、当然片付けられているだろうな)

彼女の予想したとおりだった。すでに団地は監視カメラも取り外され、各部屋を覗いても何も残っていなかった。まだあれからさほど時間が経っていないことを考えると、敵の機動力はあなどれない。

ほとんどあきらめかけていた香純だったが、最後に念のため昇太郎らが潜伏していた一〇五号室も訪ねてみることにした。

(やっぱりこっちも空っぽか)

室内は閑散として、清水夫妻が残したわずかな生活道具もすべて撤去されていた。香純はがっかりしてあてもなく歩き回る――すると、ふと足の下に違和感を覚えた。畳の下に何かがあるようだ。

あわてて縁を持ち上げると、その下に一個のUSBメモリを発見した。

「これは――」

自然に畳の下に転がり込んだとは考えにくい。おそらく昇太郎が隠しておいたものだろう。重大な手掛かりにつながるかもしれない。

永吾が目覚めたのは病室のベッドだった。まだ頭が少しボンヤリしている。

(清水たち夫妻と倉庫に監禁されたあと、たしかクスリを打たれて――)

ホンミという北朝鮮の女スパイに唆《そそのか》され、昇太郎の目の前でその妻である佳乃とまぐわった記憶がよみがえり、永吾は羞恥に顔を赤くした。

だが、問題はその後だ。自分はどうやって助かったのだろう。

「くそっ、はっきりと思い出せない」

記憶には夢とうつつが混じり合い、実際に何があったのか思い出せない。

すると、看護師が病室に現れた。

「あら、気がついたんですね」

「あの……僕はどれくらい寝ていたのですか」

「運ばれてきたのが昨日の夕方ですから、まだ一日も経っていませんよ」

看護師は答えながら、点滴を新しいものに替えていた。

その様子を永吾はベッドで横たわったまま眺める。

(そうだ。いきなり爆発音がして——あの女だ。あの女が突然現れて、俺たちを助け出してくれた)

ふと思い出したのだ。麻薬で意識が朦朧となりながらも、女の細腕で抱えられ、車に運ばれた記憶が残っていた。

その女の顔は忘れようもない。桜丘の団地で会った、清水夫妻の友人と称した女である。

永吾はおもむろに起き上がり、勝手に点滴の針を外し始めた。

「看護師さん、僕と一緒に運ばれてきた男女はどうなりましたか」

「ちょっと、何なさってるんです？　ああ、ほかの方たちも安静になさってますよ。ご安心ください。それよりダメですよ、勝手に外しちゃ」

看護師はあわてて止めようとするが、言うことを聞く永吾ではなかった。

「いや、こんなことをしている暇はないんだ」

彼は言うと、床に降り立ち、畳まれていた私服にさっさと着替えてしまう。

困ったのは看護師のほうだ。

「いけませんよ、もう少し寝てなきゃ。今、先生を呼んできますから」

しばしの押し問答の末、最終的には永吾が押し切った。看護師の案内で自ら医師のもとへ出向き、事情を話して即時退院する手続きを取ったのだ。

医師の話では、彼らを運んできたのは警察関係者だということだった。だが、それ以上は黙して語ろうとしなかった。医師も女が誰かは知らないようだった。

(ならば、自分で確かめるしかないな)

ただ一点、永吾もホッとしたのは、どうやら所属する捜査二課にはまだ報告がいっていないらしいことだった。自分は単独捜査中ということになっていた。

その後、清水夫妻のことをくれぐれも頼むと、永吾はその足でまっすぐに警視庁本部に戻った。

捜査二課はいつも通りだった。永吾が顔を出しても、誰も不思議そうな顔はしない。やはり医者は口止めされていたのだ。

(あの女は、必ずこの建物のなかにいる)

それは刑事の直観だった。女が何らかの極秘捜査に関わっていることは予想がついている。おそらく庁内では別の肩書きを持っているに違いない。

そこへたまたま女性職員が通りかかる。永吾はすかさず呼び止めた。

「水島さん、ちょっと」

職員は由奈だった。彼女は立ち止まると言った。

「あ、菅原さん。お疲れさまです。大丈夫ですか、顔色悪いですよ」

「いや、昨日飲み過ぎちゃってね……ところで、頼みがあるんだけど聞いてくれないかな」

「なんですか。改まって」

「ちょっとある人物を探しているんだが、たしか君は似顔絵が得意だったよね」

永吾は、絵の得意な由奈が、かつて捜査の似顔絵作りに協力したことを思い出したのだ。

「ええ。いいですよ」

同意を得て、早速永吾は団地で会った女の特徴を話し始めた。

由奈は頷きながら慣れた手つきで似顔絵を描いていく。ところが、おおよそ描いたところで何かにふと気づいたらしく、いきなり手がとまった。

「──え？　ってこれ、もしかして香純先輩じゃないですか」

「知ってるのか？」

永吾が意気込んで訊ねると、由奈はなぜかほくそ笑んだ。

「あー、もしかして菅原さん、香純先輩に一目惚《ひとめぼ》れしちゃったんですかあ」

「いやいや、そんなんじゃないけどさ」

弁解しながら、自分の顔が赤くなるのがわかる。ただの邪推ならこうまで動揺しないだろう。永吾の脳裏に倉庫で担ぎ上げられたとき、例の女の体からしたいい匂いがよみがえる。

（アホか、俺は。いまはそれどころじゃないだろう）

永吾はあわてて自分に言い聞かせる。改めて女の容姿を説明するさいも、つい褒めすぎているのではないかと意識してしまったほどだった。

「キャアッ、すぐ先輩に教えてあげなきゃ」

勝手に盛り上がる婦警に、永吾は辟易してしまう。

「だから違うって……こら、大声を出すんじゃない」

「えーっ、職場内恋愛、いいじゃないですかぁ。私、応援しちゃいますよ。あ、ちなみに香純先輩なら、今フリーですから安心してください」

勘違いした由奈を落ち着かせるのは一苦労だった。永吾はそれでもなんとかなだめすかし、決して口外しないと約束させることはできた。

「安心してください。私、ぜぇったい誰にも言いませんから」

「頼んだよ」

しかたがない。由奈は勘違いさせておくよりほかなかった。永吾は礼を述べると、その足で公安部フロアへ向かった。


「おそらく清水は、自分の身の保険のつもりでリストを隠し持っていたのだろうな」

「ええ。私もそう思います」

「だが、問題はマイニング工場の移設先だ。なにか思いつく先はあるのか」

G2隠し部屋では、香純が桜丘の団地で発見したUSBメモリについて話し合われていた。中身は、クレジットカードや仮想通貨の口座を作るのに利用した名義のリストが入っていた。

それだけではない。さらには、覇龍会が密売した銃器の在庫管理表まで含まれていたのだ。この証拠と昇太郎の証言があれば、覇龍会は壊滅する。連中からすれば、まさに爆弾だ。こんな物を持っていると知ったら、昇太郎は間違いなく消されてしまうだろう。

だが、特殊諜報課としての狙いは、あくまでマイニング工場の壊滅であり、本命はホンミと延岡だった。

香純はスッと姿勢を正して言った。

「室長。この銃器密売データを利用すれば、やつらの懐に潜り込めると思います」

「うむ。だが、敵はかなり手強いぞ。応援を要請するか」

「いいえ、結構です。大掛かりな捕り物になれば、間違いなく連中は事前に察知して、また潜ってしまうはずです。これまで通り、隠密捜査で行くべきです」

「そうか。わかった。ただし、くれぐれも無理はするな」

「はい。では、早速捜査にかかりたいと思います」

香純は言うと立ち上がり、隠し部屋の扉を開く。史料室側でスイッチを押すと、壁は元通りに閉ざされ、スチール棚も元の位置に納まった。

そして、香純が史料室を出ようとした際、ふいにドアがノックされた。しかたなく、香純はドアを開けて、来訪者を史料室に招き入れた。

「失礼します――」

永吾だ。ひと目で気づいた香純はハッとする。

入院しているはずの彼がなぜここに？　疑問や憶測が頭の中を駆けめぐる。まさか由奈に聞いてたどり着いたとは思いもしなかった。

「捜査二課の菅原です。史料室の天堂さんだね」

しかし、永吾の態度もどこか確信無さげな感じだった。

「ええ、そうです。失礼ですが、ここは公安部しか立ち入れませんので――」

香純はしらを切り通そうと、事務的な口調で言い放った。すると、永吾が意を決したようにつかつかと歩み寄ってくる。

「君に少し聞きたいことがある。外で話そう」

有無を言わせぬ迫り方だった。もはやとぼけきれる雰囲気ではなかった。

「わかりました。参りましょう」

やがて二人は並んで警視庁本部をあとにした。

外で制服は目立つので、香純は本部を出る前に私服に着替えていた。永吾との間には妙な距離感があった。互いに探り合っているのだ。

「この近くに俺のマンションがある。そこでいいかな」

「ええ、結構です」

もはや避けては通れないと覚悟は決めた。ただそれだけでなく、一度は永吾ときちんと話したいと思っていたのも事実だ。お互い捜査上の秘密を抱えている。彼の自宅なら他人に聞かれる心配はない。

永吾の住まいは実際近かった。同じ千代田区内でも北東地域には、昔ながらの街が残っている。彼のマンションも通りから一本入った路地にあった。マンションとは言ったが、一見すると雑居ビルといった感じの建物だった。

「どうぞ。汚いところで申し訳ないが」

「お邪魔します」

招じ入れられると、香純はそれとなく室内を見渡した。間取りは１ＬＤＫ。男所帯にしては、割ときれいにしている。というより、あまり生活感が感じられないといったほうがいいだろう。

とを言った。

「家には帰って寝るくらいだからね。それも毎日じゃないし」

香純の視線に気がついたのだろうか、永吾は訊《き》かれもしないうちから弁解じみたこ

「何か飲むか？　といって、インスタントコーヒーくらいしかないが」

「いえ、結構です。ありがとうございます」

「うん、そうか。なら、そうだな……そこら辺にでも掛けてくれ」

そう言って永吾が示したのは、テレビ台の前にある小さなソファーだった。いや、よく見るとソファーではない。大きなビーズクッションだった。

「どうぞお気遣いなく。私なら床で大丈夫ですから」

香純は勧めを固辞し、フローリングの床に正座した。くノ一の修行で鍛えた脚は、これくらいではビクともしない。

一方、永吾はしばらく心を決めかねている様子だったが、ようやく少し離れた位置に自分もあぐらをかいて腰を下ろした。

「桜丘の団地で会っていたね」

開口一番、永吾は最初の出会いを持ち出した。あのときとっさに佳乃の友人に成りすました香純は、彼に任意同行されそうになり、色眼光で落としたのだ。そして、そ

の直後に松井らに拉致されてしまった。

香純の胸にチクリと痛みが走る。

「その節は申し訳ありませんでした」

いまさらとぼけてみても始まらない。しっかりと顔を見られているのだ。しかも、相手は捜査二課の刑事だった。忘れたり見間違えたりするはずがない。

だが、永吾は半ばだまし討ちのような形で失神させられたことを恨みに思っているわけではなかった。

「いや、そのことならもういいんだ。倉庫では助けてもらったわけだし——それより今日は君と話し合いたいと思って、ここに来てもらったんだ」

「はい」

思わず香純は身構える。彼はどこまで知っているのだろう。

永吾はしばらく考え込んでいるようだった。だが、やがて心を決めたようで、気分を改めるように膝をポンと叩いた。

「よし、こうなったら腹の探り合いはやめだ。時間の無駄だからな。どうだろう、天堂君もそれで。同じ警察官なんだから」

「はあ」

香純は曖昧な返事でごまかした。本当のことを言えたらどんなに楽だろう。

彼女がそれきり口を閉ざしてしまったので、永吾はあとを続けた。

「ハッキリ言おう。俺の狙いは清水昇太郎。あいつは、うちが追っているカード詐欺と仮想通貨の偽名口座の売買をやってる。バックは覇龍会だ。清水の証言があれば、詐欺組織を一網打尽にできるチャンスなんだが、組対の連中に邪魔されたくない」

香純は黙って頷いた。永吾の言うことはわかる。彼が挙げたいのは詐欺犯罪だが、被疑者が暴力団ということになると、どうしても組対とのバッティングは避けられない。縦割り組織の弊害である。

しかし驚いたのは、永吾が本来なら明かすべきでない捜査内容をしゃべったことだった。香純は不安とも期待ともつかない胸の鼓動を意識した。

さらに永吾は言った。

「公安もしかりだ。倉庫に現れたのが、北朝鮮の工作員だと聞いたときには、さすがに意外だったけどね」

彼の立場からすれば、公安部も組対同様、競合相手なのだ。香純は永吾の本心を知りたかった。

「私にどうしろと仰るのでしょうか」

「まあ、そう突っかからないでくれよ。俺はなにも身内同士でいがみ合うつもりはないんだ。ただ、互いに時間の無駄にならないよう、持っている情報を突き合わせてもいいんじゃないかと思ってね」

「確かに仰るとおりだとは思いますが――」

「天堂さん、君は特殊な任務を負っているだろう？」

いきなり切り込まれて香純はとまどう。永吾はすかさず膝を詰めた。

「倉庫で縛られているとき、ボンヤリとだが、君の活躍を見た。あの身のこなしは、どう見ても普通の内勤職員ではあり得ない。だろう？」

（どうしよう――）

香純の心は揺れた。道理で言えば、彼が正しい。情報を共有したほうが捜査は捗《はかど》るだろう。だが、特殊諜報課の存在を明かすわけにはいかない。

「清水昇太郎は、万が一の保険に口座名義リストを残していました」

代わりに彼女は入手したＵＳＢについて明かした。期待した答えとは違ったはずの永吾もこの重要情報に食いついた。

「なんだって⁉　そんな物があるなら――」

「ええ。でも、隠し通すつもりはなかったんです。リストを見つけたのも、つい数時間前のことでした。このリストは必ずお渡しします。ただ、もう少しだけ時間をください。例の女――ホンミは菅原さんもご存じでしたね」

「ああ。北朝鮮の工作員とかいう」

「そのホンミがすべてを手引きしていたんです。ですから――」

気がついたら、香純は言うべきでないことまで喋っていた。昇太郎のリストがあれば、詐欺事件は立件に持ち込めるだろう。永吾には借りもある。しかし、彼女が口を滑らせたのは、たんに貸し借りの問題ではなかったのも事実である。

永吾は拳を鼻の下に当て、しばらく考え込むようだった。

「わかった。だが、俺も天堂さんも目的は一緒なんだ。俺は覇龍会絡みの詐欺グループを挙げる。天堂さんは、北朝鮮工作員を止める。しかし、そのためには俺たちが牽制し合っていては連中に勝てないんだ。そうじゃないか？」

熱弁をふるう永吾に、香純は心を動かされた。

(この人、本当に犯罪を憎んでいるのね)

仕事熱心な刑事はいくらでもいる。だが、彼のように真摯《しんし》で、自分の身分を危険にさらしてまで、事件解決に情熱を燃やしている者はまれだ。

永吾は膝詰めで香純を見つめていた。まっすぐな瞳だった。

「さっき天堂さんが話してくれたことは、もちろん誰にも言うつもりはない」

「そうしていただけると、助かります」

香純も永吾を見つめ返していた。なぜだろう、胸の奥が熱い。

かたや勇み足ぎみで単独捜査好きの刑事、そしてもう一方は特殊任務を負ったくノ一刑事。互いに立つ場所は異なるが、犯罪捜査にかける思いは同じだった。

だが、絡み合う視線はそれ以上の意味を伝え合っていた。

「なぜだろう、君を見ていると……」

永吾はそうつぶやくと黙り込んでしまう。

そして、二人はしばらく見つめ合った。

最初に動いたのは、どちらとも言えなかった。気がついたときには、永吾が覆い被さるようにして、香純の唇を奪っていた。

「んふぅ。ん……」

「んお……」

あまりに唐突で、それでいて熱情的なキスだった。しかし実際は、こうなる前から二人とも心の奥底では互いを欲していた。そうとしか思えない貪り方だった。

「んんっ……んふぉ……」

「んふぁ……ふぅ……」

ああ、どうしよう。体が蕩《とろ》けていくようだ。香純は唇を重ね、舌を絡ませながら思った。一瞬前までそんなつもりはまるでなかったのだ。こんなことは初めてだった。

「んふぅ、ん……菅原さん」

だが、肉体は正直だった。内腿の奥がジュンと熱くなる。

やがて永吾の手が、香純の膨らみをブラウスの上から捕まえてきた。

「あふっ、ダメ。そこは……」

見せかけの抵抗に、永吾は激しく揉みしだくことで応じる。

「ハアッ、ハアッ。なんていい匂いがするんだ」

「ああっ、ダメよ……」

服の上から弄ばれる香純は、羞恥と快楽に責め苛《さいな》まれた。おのずと背中から倒れ込み、床に仰向けになっていた。

「ハアッ、ハアッ、ハアッ」

永吾は呼吸を荒らげながら、ブラウスのボタンを外し始める。一つ、二つと外れていくたび、香純のきめ細やかな肌があらわになっていく。

「ああ……私……」

覆い被さる彼の股間が太腿に当たる。スラックスは勃起した肉棒で見事なテントを張っていた。思わず香純は手を伸ばして捕まえる。

「おおうっ、そこは――」

「どうしよう。もう我慢できないわ」

「つくぅ。お……俺も……」

永吾は苦しげに答えると、がばと起き上がり、手早く下半身を脱いだ。隆々といきり立った肉棒は、鈴割れから先走りを滴《したた》らせている。

「ああ……ハアッ、ハアッ」

目にした香純も劣情に流されていく。タイトスカートを下ろそうとしたが、面倒になり、手っ取り早くパンティだけを足から抜いた。

「ハアッ、ハアッ、ハアッ」

「ハアッ、ハアッ、ハアッ」

言葉はなく、獣のような息遣いだけが交錯する。香純が脚をひろげ、膝を立てていくと、スカートが持ち上がり、ぬらぬら光る淫裂が姿を現した。

淫らな光景に永吾の興奮がいや増していく。

「香純さん、俺は……」

永吾は彼女を名前で呼んだ。

「いいから、きて。永吾さん」

香純は男の顔を見上げながら、両手を差し伸ばした。もちろん淫術など一切使っていない。必要なかった。この瞬間だけは、一人の女として男の寵愛を欲しているだけだった。

永吾は剛直を捧げ、腰を深く突き入れてくる。

「ぬお……おお……」

「んあっ……イッ。入ってきた」

肉傘が入口を押しひろげ、蜜壺に侵入してくる。

「あああーっ」

とたんに香純は悦《よろこ》びの声をあげた。胎内が満たされる感覚にうっとりし、身も心も蕩けていくようだった。

永吾は邪魔なワイシャツを脱ぎ捨てると、腰を揺さぶり始めた。

「ハアッ、ハアッ。ぬああ」

「あっ、ああっ。イイッ、イイーッ」

抽送はのっけから激しく、荒々しいほどだった。腰をぶつけ合うたび、ぬちゃくちゃと粘りついた音が聞こえた。

「んああっ、ぬお……ハアッ、ハアッ」

「ああっ、イイッ。ああっ、ダメッ」

香純は瞬く間に昇りつめていくのを感じた。自分でも信じられないほど興奮している。秘密を共有しているという意識からだろうか。

「ハアッ、ハアッ。うぐ……おお」

無我夢中で突き入れる腰つきは、余計な気の迷いを振りきろうとでもしているようだった。

その証拠に、やがて永吾は限界を告げた。

「ぬはあっ。俺もう……ダメだ……」

「ああっ、いいわ。私も……あふうっ」

香純が顔を引き寄せてキスすると、永吾は火がついたようにグラインドした。

「ぬあああーっ、香純さあんっ」

「あっふ……メ。永吾さん、それ以上は私——イイッ！」

絶叫した香純は顎を反らし、四肢を突っ張って絶頂を叫んだ。

「どふうっ、おおっ！」

その勢いで締めつけられた永吾は堪らない。獰猛なうなり声をあげながら、挿入したまま白濁液を噴き出していた。

「ああっ、くる……」

「おふうっ。うっ」

嵐は突然訪れ、そしてまた突然去っていった。

「ハアッ、ハアッ、ハアッ、ハアッ、ハアッ」

「ハアッ、ふうっ、ハアッ、ふうっ」

劣情をぶつけ合った二人は、しばらく同じ姿勢のまま呼吸を整えていた。

呼吸が戻ってくると、落ち着いた表情になって、永吾が口を開いた。

「ごめん。俺、つい——」

「ううん。言わないで」

謝ろうとするのを香純は唇で制した。

「ん……んん……」

「永吾さん？」

「ん。なんだい」

「もう少しだけ、こうしていて。お願い」

見上げる香純を永吾はしっかりと抱きしめるのだった。

マンションの部屋は静かだった。表通りの喧噪も、一本奥まった建物だとくぐもってしか聞こえてこない。

香純は永吾の肩に頭を預けていた。

（こうしていると、捜査のことなど忘れてしまいそう）

特殊諜報課員であることを除けば、彼女も普通に年頃の女性だった。輝正に恋愛を禁止されているわけでもない。しかし、愛する人に秘密を持ったまま、平然と付き合っていく自信などなかった。

すると、永吾がふと声をかけてくる。

「シャワー浴びたいんだったら、行ってきていいよ」

「え……そうね。じゃあ、そうさせてもらいます」

一瞬とまどう香純だが、言うとおりにすることにした。さりげなく確かめた永吾は目を合わせようとしなかった。彼も複雑な思いを抱えているようだった。

「では、お先に失礼します」

口調がどうしても他人行儀になってしまう。それが、二人の微妙な関係を示していた。香純は立ち上がり、脱いだ下着を持って浴室へ向かおうとする。

ところが、その途中で背後から抱きしめられた。

「待ってくれ。まだ、行かないでくれ」

「え——？」

香純は動けなくなる。永吾は耳もとに囁いた。

「やっと気がついたんだ。俺は、初めて会ったときから君が欲しかった」

「だって、あのときは——」

「ああ、わかってる。俺は、君を清水夫妻の関係者だと思い込んでいた。だから、そのときは自分でも意識しているつもりはなかった。でも、香純さんが倉庫に現れたとき確信したんだ。捜査とは別に、君を一人の女として意識していることを」

永吾の口調は真摯なものだった。息遣い、体臭などからプロファイリングする必要もなかった。彼は自分が語るとおりの人間なのだ。

「永吾さん、私も——」

香純は言いながら、腕の中で振り返る。顔が近かった。

「ん……」

「香純……」

おのずと唇が重なった。ゆっくりと唇を押しつけるようなキスは、互いに募る思いを伝え合おうとでもするようだった。

「今度は、ちゃんとベッドに行こうか」

「ええ」

二人は手を取り合ってベッドへ向かう。といって、さほど広い部屋ではない。窓際に置かれたベッドは、ほとんど使われた跡がなかった。

永吾が布団を取りのけ、香純はシーツの上に横たわった。

（男の匂いがする）

かすかに牡の体臭じみた匂いが染みついている。彼女は自分の肌も汗ばんでいることを意識しながら、男所帯のフレグランスを吸い込んだ。

「香純さん」

「はい」

永吾が呼びかけて互いに見つめ合う。

不思議ね——香純は心の中で思った。彼とは知り合ったばかりで、まだ互いのこともよく知らない。なのに、まるでずっと前からこうなることが決まっていたような気がする。

「永吾さん」

香純は答えると、彼の身体を引き寄せた。

すると、自然に唇が重なる。永吾は舌を絡めつつ、秘所に手を伸ばしてきた。

「ああっ、ダメよそこは……」

「すごい。ビショビショだ」

永吾は感想を述べながら、指の腹で肉芽を押し潰してくる。

とたんに香純は喘ぎ声を上げた。

「あふうっ。感じちゃう、感じ過ぎちゃう」

「ハアッ、ハアッ。感じてる香純さんの顔、とてもエッチだ」

「ああん、そんなこと――ずるいわ」

責められる一方だった香純は、お返しとばかりに肉棒を捕まえた。

「おおうっ」

「あんっ、永吾さんのも、また大きくなってる」

香純は手で巻きとるようにして肉胴をしごきたてた。すると、みるうち太茎は硬さを取り戻していった。

「ハアッ、ハアッ。おお……」

「ああっ、あんっ。あふ……」

そうしてしばらく二人は互いの秘部を手で愛撫し合った。言葉にできない思いを行為で伝えようとしているようだった。

だが、すでに一度愛し合った直後のこと。受け入れる準備ならとっくにできている。

香純は劣情にまかせて口走っていた。

「今度は……あんっ。私が上になっていい？」

「ああ、いいよ」

永吾にも異存はないようだ。ごろんと横に寝転んだ。

すると、間髪入れずに香純が上になる。重力を無視したような華麗な動きは、柔軟な身体と鍛えられた肉体のなせる技だった。

「ああ、どうしよう。私、これじゃすごいエッチな女みたい」

「うん、とてもエロティックだ」

「イヤッ……そんな、いつもこんなことをしているわけじゃ――」

「ああ、わかってる。俺だってこんなの初めてだよ」

「永吾さん」

腰の上にまたがった香純は、肉棒を支え持ち、ゆっくりと腰を落としていった。

張りつめた亀頭が、ぬめった花弁に包まれていく。

「あっふ……」

「おおっ……」

永吾は呻きながら天を仰いだ。

その間にも、蜜壺は肉竿を根元まで呑み込んでいた。

「あんっ。奥まで当たってる」

香純は挿入の感覚を心ゆくまで味わった。熱く滾《たぎ》る肉棒がみっちりと埋められ、満ち足りた悦びが奥底から湧き上がってくる。

次の瞬間、香純は尻を前後に揺さぶり出した。

「ああん、ああん。イイッ、イイッ」

「おっふ……ぬあぁ、おうっ」

突如襲った悦楽に永吾が呻き声をあげる。香純は腰を使った。

「あんっ、あっ。当たる。先っぽが当たってる」

「おうっ。うう……ああ。わかるよ、当たってるの」

すると、永吾もタイミングをつかんできたのか、下から腰を突き上げはじめた。

「香純さんっ、香純さんっ」

「あああーっ、イイイーッ」

肉棒を抉り込まれ、香純は顎を反らして身悶えた。すさまじい快楽に全身をガクガクと揺さぶられるようだ。

「ああんっ。ハアッ、ハアッ、ハアッ」

すると、しだいに香純の背中が弓なりに反っていく。柔軟な身体は、そのまま膝をついた恰好で背後へと倒れていく。

「んああーっ。堪らないの」

そして、ついに背中がぺたんと床についてしまう。

「ぐっ……おおおっ」

肉竿を引っ張られて永吾が唸る。だが、痛みより快楽のほうが大きいようだった。

香純は反り返った姿勢のまま、前後に抽送を続けた。

「あーっふ、ああ……あんっ、ああっ」

蜜道の凹凸《おうとつ》にカリ首の張り出したところが擦れる。蜜液はそのつどとめどなく噴きこぼれた。

「ハアッ、ハアッ、ハアッ。おお……」

しかし、永吾もやられてばかりではない。抽送に身を委《ゆだ》ねながら、右手を伸ばして親指の腹で肉芽をいじってきたのだ。

　とたんに香純を鋭い快感が襲う。

「あっひ……ダメ。ああっ、そんなことされたら感じちゃう」

「ハアッ、ハアッ。すごい。クリが、こんなに勃起して」

「イヤッ。言わないで。恥ずかしい」

「だって、おお……気持ちよすぎて俺――」

　永吾は愛撫しながらも、苦しそうな声をあげた。肉蒲団に包まれた太茎は、ますます硬度を増していくようだった。

「あんっ、ああっ。イイッ、イイイーッ」

「ハアッ、ハアッ。香純、香純いっ」

　結合部はぬちゃくちゃと粘った音をたてた。さらに角度のせいか、ときおり空気が混ざって吸盤を引き抜くような音が鳴った。

　恥骨同士がぶつかり合い、また離れていく。腰を引いたときには、肉棒に引っ張られて花弁が巻きついている様子がよく見えた。

「あっふ。んはあっ、ああ……」

　やがて香純の上体がまた起き上がってくる。手も使わず、背筋だけでもとの姿勢に戻っていた。

　ふたたび互いの目が見つめ合う。

「ハアッ、ハアッ、ハアッ、ハアッ」

「永吾さん――」

　香純は呼びかけると、彼の腹に両手をおいた。それからおもむろに尻を上下に動かしはじめた。

「あんっ、ああっ。ああっ、ああん」

「おっ、おおうっ。ぬおっ、おお」

　今度は角度も楽になり、永吾も積極的に抽送に参加してきた。

「あっふ。ああっ、イイッ」

　突き上げられるたび、子宮は悦楽の悲鳴をあげた。

　香純は無我夢中で腰を振った。体の奥底から歓喜の歌が湧き上がってくる。まばゆく白い光が全身を満たしていく。

「ああっ、イイーッ。イクううーっ！」

　絶頂の大波に呑み込まれていく。香純は大声で叫んだ。

　その衝撃は永吾にも返っていた。

「ぬおおうっ。出るっ！」

呻き声とともに、肉竿から白濁液を吐き出していた。一弾、二弾、三弾、と立て続けに欲望を噴いた。

「あふっ……うう……」

すべてを受け止めて、香純はがくりと脱力する。

ふたたびゆっくりと起き上がったとき、白く濁った泡が内腿を伝ってこぼれ落ちるのがわかった。


事を終えると、ふたたび捜査の話題に戻った。

「まずは、移動してしまった敵のアジトを見つけるのが先決ですね」

「そういうことになるね」

二人とも、ついさっきまで肉体を重ねていた男女とは思えない、事務的な口調だった。そうするしかなかったのだ。

香純は胸に募る思いを押し殺し、自ら提案するように言った。

「これから早速動きます。ホンミと松井の所在がわかり次第、菅原さんにも伝えますから、そうしたら一気に片を付けましょう」

「そうしてくれるとありがたい。なら、一応明日一番に乗り込むということでいいかな。ホンミは天堂さんに任せる。俺は松井を取り押さえるよ」

「ええ、もちろん。よろしくお願いします」

永吾の部屋に入ってから数時間後、香純は一人でマンションのエントランスから出てきた。

「永吾さん、ごめんなさい」

部屋を出る前に言ったことはウソだった。香純は一人で乗り込むつもりだった。

これは、彼に対する裏切りに等しい。だが、しかたがないのだ。これから香純が相手にするのは、鍛え上げられた北朝鮮の特殊工作員である。日頃、捜査二課で詐欺や贈収賄などを追っている永吾には危険すぎる相手だった。

（これ以上、彼を危険に巻き込みたくない）

それが、彼女の偽《いつわ》らぬ心境だった。特殊課報課の任務は誰に頼ることもできない。本心を明かさず出てきたのは、ともすれば、永吾に頼ってしまいそうな自分を断ち切るためでもあった。

第五章　絶頂決戦

ホンミはモニターを見て満足そうに微笑んだ。

「マイニングはうまく稼働しているみたいね」

「はい。グラフィックボードを追加すれば、もっと効率を上げられます」

青白い顔をした男が答える。彼は移設したマイニング工場の技術担当者だった。桜丘の団地に刑事二人が現れたあと、急遽別の廃団地に機材を移したのだ。

椅子に座ったホンミが脚を組み替えると、チャイナドレスの裾がはだけて艶やかな太腿がチラリと覗いた。

横目に見た男の青白い顔が瞬く間に赤くなる。

「この調子で頼んだわよ。ボードなら追加でいくらでも入ってくるから」

ホンミは男の反応を意識しながら、さりげない調子で励ました。

グラフィックボード（ＧＢ）というのは、パソコンの映像に関わるパーツだが、仮想通貨のマイニング（採掘）にも欠かせない。昨年、中国でマイニングが禁止されたさい、大量のＧＢが投げ売りされ、日本やアメリカのマイナーたちがこぞって買い漁ったが、ホンミもしっかりと確保していたのだ。

しかし、彼女の使命はそれだけではなかった。

「口座とビットコインの紐付けはどのくらい進んでる？」

「あ、はい。順次進めていますが、資産を細分化しなきゃならないんで、もう少しかかりそうです」

「早くするのよ。人手が足りないなら増やすから」

手元には、大量の塩漬けになった仮想通貨がある。マイニングで採掘した分と合わせれば、時価総額はかなりのものだ。これを市場に投入し、口座名義を分散させつつ、市場価格を操作するのが最終目標だった。

（それも、あと少しで完成する）

ホンミは使命を全うし、本国へ報告する日を心待ちにしていた。

だが、意外な邪魔者が入った。例のくノ一刑事だ。先日も、せっかく捕らえた捜査二課の刑事を取り返されてしまった。

（これで一勝一敗。次は、絶対にケリをつけてあげる）

　ホンミが決意を新たにしていると、部屋に入ってくる者がいた。

「姐《ねえ》さん、客人が来ましたぜ」

「わかった。今行くわ」

　呼び出されてホンミも一緒に部屋を出る。コントロールルームは最上階にあった。五階から古びたエレベーターで一階まで下りる。

　エントランスの前には、スモーク貼りのＲＶ車が乗り付けていた。しばらくするとドアが開き、中から四人の男たちが降りてきた。

　すると、とたんに控えていた手下たちが四人をサッと取り囲む。身構える四人組。手下たちの手には、それぞれ短機関銃が握られていた。

　その後ろからホンミが姿を現す。

「ようこそ。お待ちしていましたわ。こんな出迎え方で失礼しますけど、お互い満足できる取引にしたいものですから」

　彼女の合図で、一斉に手下が四人組のボディチェックを始めた。

　すると、四人のうちリーダーらしき中年男が文句を言う。

「こんな警戒、必要ない。私たち、取引に来た」

　たどたどしい日本語のリーダーは浅黒く、東南アジア系の顔立ちをしていた。ほかの三人も同様である。彼らはベトナム人マフィアの一員だった。銃器の取引のために深夜指定場所の団地までやってきたのだ。

覇龍会の手下たちは、淡々と金属探知機を当ててチェックを続ける。実際、ベトナム人たちは丸腰であった。

「大変失礼しました。では、荷物をお持ちしますので少しお待ちを」

ホンミが丁寧に挨拶すると、手下たちは四人から離れた。しかし、粋な迎え方をされたベトナム人たちは警戒しているのか、なんとなくひとかたまりになっていた。

リーダーがほかの三人を代表して交渉に当たる。

「マネーも用意してきた。ブツは確かなものだろ」

「ええ、もちろん。うちのは軍から直接流れてきた物だから間違いないわ。この間の物だって、ちゃんとしていたでしょう？」

「間違いない。それならいい」

ホンミが自信を持って言えるのは、以前に売った銃が現実に抗争で使われたのを知っているからだ。延岡の治安悪化計画は順調に進んでいると言える。北朝鮮側にとっても、銃器密売は美味しい商売である上に、敵国の政情不安につながるという一石二鳥であった。

建物の前で、ベトナム人と覇龍会は向かい合う形で立っていた。

そのとき、ホンミがふと何かの合図を送る。すると、空から透明の大型アクリルボックスが降りてきて、ひとかたまりになった四人組の上に落ちた。

「うわあっ」

「オイ、ゾーイオーイ」

アクリルボックスに捕らえられ、驚いたベトナム人たちは何事かと騒ぎ始める。口々に母国語で叫び、パニックになってアクリル板を蹴り出す者もいた。

「うふふふ」

ホンミはその様子を眺めて不敵に微笑む。最初から罠にかけるつもりで四人を一カ所に立たせていたのだ。

次の瞬間、ボックスにつながれたホースから白煙が噴き出した。

「ぶはっ」

「ごほっ、ごほっ。ノー！」

「ナニ？　これ、ナニ？」

とたんに中の四人は咳きこみ始めた。だが、それも長くは続かず、一人、また一人と崩れ落ちるように倒れていく。煙には催眠剤が含まれていた。

ところが、一人だけ倒れない者がいる。キャップを深く被った小柄な男だ。彼だけは最初から一度も口を開いていなかった。

しかし、ホンミはさほど驚くでもなく、キャップ男をジッと見つめていた。やがて催眠剤の噴出は終わり、徐々に煙も引いていった。

一人残った男が、頭からキャップを取り去る。

「チェ・ホンミ、覚悟しなさい」

小柄な男と思ったのは、変装した香純だった。色の濃いファンデーションで肌の色を変え、ベトナム人マフィアに紛れ込んでいたのだ。

だが、ホンミは不敵に高笑いする。

「きっと来ると思っていたわ、くノ一刑事さん」

香純がマイニング工場の移設先を突きとめたのは、昇太郎の残した密売データからだった。かねてつかんでいた覇龍会の不動産情報と照らし合わせ、搬入された銃器の量と取引相手から絞り込んでいったものだ。

また、昇太郎自身からのリークもあった。

「桜丘がダメになったら、予備で押さえておいた浅見台《あさみだい》に移るはずだよ」

彼は素直に知っている情報を吐いた。もはや覇龍会に戻ることはあきらめたようだったが、香純は頭から信じたわけではない。

（一度寝返った者は、必ずまた裏切る）

くノ一が生まれたのは、権謀術数渦巻く戦国時代である。傭兵たる忍者も、時の権力とともに仕える主を変えてきた歴史がある。しかし身内意識が強い伊賀者に比べ、甲賀忍者は忠義心が篤《あつ》いことで知られていた。

その末裔である香純も、やはり忠義を重んじている。どちらに転んでもいいように両天秤にかけるような男など、軽蔑の対象でしかない。

だからこそ、自分でも改めて確認したのだ。すると、ベトナム人マフィアが近く銃器の取引をすることがわかった。場所も、昇太郎の言う浅見台だった。このチャンスを逃す手はない。

そこで香純は取引の当日、当たりをつけていた小柄なベトナム人を捕らえ、部屋で昏睡させた上で、その彼に成りすましたのだ。ほかの三人をごまかすのはわけがなかった。あらかじめ色眼光で判断力を鈍らせておいたのだ。

そうしてまんまと団地に乗り込んだはいいが、いきなりアクリルボックスの罠にかかってしまった。幼少よりあらゆる毒物に耐性をつける訓練をしてきたから、催眠剤で昏睡することはなかったが、これでは文字通り籠《かご》の鳥だ。

(しかも、この様子だとホンミは私が来るのを知っていた――?)

すぐに昇太郎の顔が思い浮かんだ。あのコウモリ男め。私にこの場所を教えておびき寄せたのか? 思わず怒りが湧いてくるが、気の毒な佳乃のことも思い出し、気を落ち着かせようとした。

香純とホンミ。二人の女はアクリル板を隔てて睨み合っていた。

先に動いたのはホンミのほうだった。

「やれ!」

彼女が言うと、アクリルボックスが上がり始める。上階からロープで吊り下ろしているのを引っ張り上げたのだ。

ボックスが上がると、すかさず複数の短機関銃が一斉に火を噴いた。

「つく……」

深夜の団地にけたたましい銃撃がこだまする。香純は横っ飛びになんとか逃れるが、銃弾は雨あられと降りそそいだ。

危ういところでRV車の陰に転がり込む。

銃弾が車のボディに跳ね返り、また食い込む音がした。香純は懐から長さ三十センチほど細い竹筒を取り出し、タイミングを計っていた。竹製だから金属探知機に引っ掛からなかったのだ。

「ふうーっ」

香純は息を吐くと、胸の前で合掌した。もとより決死の覚悟だった。

そのとき、ふいに銃撃が収まった。動きがないので様子見しようというのだろう。

（今だ――）

すかさず香純はボンネットから顔を出し、銃を構えた男たちめがけ、連続して吹き矢を放った。

「うわあっ」

「目があああっ！」

見事、何人かの目や首筋にヒットした。矢は小さな物だが、男たちは悲鳴をあげて昏倒した。吹き矢には、体が痺れて動けなくなる毒が塗られていた。

敵が怯んだ隙に、香純は車の陰から飛び出し、建物へ向かい、ホンミの姿を探す。

（ホンミがいない……）

特殊工作員はすでにいなかった。建物の中に逃れたようだ。香純はすぐに跡を追って入口に向かう。

一方、入口を守る壁は崩れ出していた。銃口の前に肉体をさらし、自分たちの方へ突っ込んでくる女を目にして、男たちはパニックに陥《おちい》っていた。

「おいっ、来るぞ。撃て、撃てえっ」

「くそっ。化けモンか、このアマ」

口々に叫びながら、ふたたび銃を乱射し始めた。

しかし香純は怯むことなく、ジグザグにステップを踏んで突き進んだ。男たちが慌てているのもあって、なかなか照準は合わない。

気づいたときには、彼女は男たちの懐に飛び込んでいた。

「野郎っ」

「クソッ」

銃撃の壁を乗り越えられてしまい、男たちがやにわに襲いかかってくる。

香純は捕まらないよう身をかわしつつ、カーゴパンツの裾をめくって、臑《すね》に装着していた忍者刀を手に取った。一般的な日本刀より刀身が短く、真っ直ぐなのが特徴的な刀である。

「うらあああっ」

殴りかかってくる男がいた。まるで大振りだ。

香純は忍者刀を逆手に持ち替え、腕をサッと斜め上に薙《な》ぐ。

「うぎゃあああーっ！」

叫んだ男は、頸動脈から血を噴き出させながら崩れ落ちた。

この忍者刀は、タングステン鋼を加工した物だった。合金だが磁性が低く、金属探知機には引っ掛からない。強度も十分ある。一方で、鉄より重く、硬い分折れやすいのが欠点だった。

仲間が鮮血に倒れるのを見て、男たちの勢いが削がれた。

「お、おい。やべえぞ、この女」

「お前、刑事だろう。警察が人殺ししていいのかよ！」

「助けてくれえっ」

勝手なことを言い合いながら、慌てふためく男たち。総崩れになったのを香純は見逃さなかった。

「五人――」

残りの人数を言っただけだが、男たちは怯え震えた。

「ひいっ」

「逃げろ」

引け腰になる男たちを逃すまいと、香純は軽快なステップで一人一人の前に立ちはだかっていく。

「一人――二人――」

「ぎゃっ！」

「どわっ」

数え上げるたび、男たちは倒れていく。しかし、鮮血を噴き出させたのは最初の一人だけだった。あとの五人は峰打ちだったが、重いタングステン刀に骨を砕かれて、気絶するか、身動きがとれなくなっていた。

数分後、周りに立っている男はいなくなっていた。

（ふうっ。やっと片付いた。でも、勝負はこれから）

香純は気合いを入れ直し、団地のエントランスへと踏み入れた。


女刑事をエントランスに釘付けにしている間に、ホンミは五階の作戦室に使っている部屋へと向かった。

「どう？　あの女の様子は」

部屋に入るなり問いかけられ、モニターを監視していた男が答える。

「は。それが……いきなり吹き矢みたいなもんで一人倒れて——あの銃撃で突っ込んでくるなんて化け物ですよ、あの女」

実際、監視係の顔は真っ青だった。だが、ホンミの表情は変わらない。

「そう。なら、わざわざ来てもらった甲斐もあるというものだわ」

モニター越しに香純の奮闘ぶりを眺め、ホンミは胸のうちがワクワクしてくるのが抑えられない。冷徹な特殊工作員も、好敵手の存在に興奮を覚えていた。

「だけど、勝つのは私よ」

出迎える準備は万全だ。ホンミはほくそ笑んだ。

しかし、監視の男にそこまでの覚悟はない。彼は言いにくそうに口を開く。

「ホンミさん、それで俺はもう……事務所に戻っていいですか」

「ええ、かまわないわ。あとは私が見ておくから」

「本当スか。助かります」

あっさり許可が出たので、監視係はホッとしたようだった。そそくさと椅子から立ち上がり、モニターの前から離れようとした。

そのときホンミはチャイナドレスの裾をめくり、内腿に忍ばせておいた拳銃を取り出した。ロシア製のギュルザーである。特殊部隊向けに開発され、マガジンを装填すると自動的にスライドが引かれるという珍しい逸品だ。

「お疲れさま」

彼女は言うと同時に引き金を引いていた。乾いた破裂音がして、監視係の男は声も出さずにくず折れていた。

すると、室内から女の声が悲鳴があがった。

「キャアアアーッ」

その声にホンミは失笑を漏らし、なだめるように声をかけた。

「あら、そんなに大騒ぎすることじゃないわ。もうじきもっと楽しいことがあるから、それまであなたの悲鳴はとっておいてちょうだい」


やっと建物内に侵入した香純は、慎重に歩を進める。団地は五階建てだ。だが、どの部屋に何があるのかはわからない。

「一階から見ていくしかないみたいね」

エントランスから階段の脇を通り抜け、直交する廊下に顔を出す。ところが、とたんに廊下の端から銃弾の雨が降りそそいだ。

「ちっ――」

香純は舌打ちして、壁の陰に隠れた。やはり見張りが待ち構えていたようだ。一瞬垣間見た男は、廊下の端に衝立《ついたて》を置いて銃撃してきた。吹き矢では直接打撃を与えられない。

男がいるところまで約十五メートル。彼女は頭の中で素早く計算し、飛び出すタイミングを計っていた。

「今だ」

香純は陰から躍り出ると、男に向かって猛ダッシュする。走りながら吹き矢を放つが、衝立に守られてしまう。だが、それでいいのだ。攻撃を受けた男はいったん衝立の裏に隠れた。

(それで隠れているつもり?)

残り五メートルの距離を香純は一気に跳躍した。衝立も跳び越えて、銃を抱えた男の上に着地する。

「うぎゃっ」

男は潰されて呻いた。すかさず香純は手刀を盆の窪あたりに叩きこむ。

一瞬で男は意識を失っていた。ところが、今度は廊下の反対端からけたたましい銃撃がする。

「くっ。あっちにもいたか」

一難去ってまた一難。だが、香純は決して慌てない。やにわに両手を広げ、厚みのある金属製の衝立を持ち上げると、それを盾にして三十メートルを一気に駆け抜けたのだ。

「うわあああーっ」

怯えたのは男のほうだった。壁が猛然と突っ込んでくるのを見てパニックになり、滅茶苦茶にマシンガンをぶっ放し始めた。

狭い廊下を跳弾が乱れ飛ぶ。壁は抉れ、白い粉煙を噴き上げた。

しかし、その間にも香純は距離を縮める。十五メートル、十メートル。最終的に彼女は衝立を構えたまま、男もろとも押し潰していた。

「ぐあっ」

「大人しく寝ていなさい」

香純はやっと衝立を取り払い、倒れている男に含み針を浴びせた。男は音もなく、瞬く間にぐったりとしてしまう。

ひと息つくと、香純は桜丘で感じたような暖かさに気がついた。やはりここが新しいマイニング工場なのだ。

とりあえず状況を確かめておこうと、香純は倒れた男のいた部屋へ踏み込んだ。

「え。どういうこと、これ――?」

しかし、彼女がそこで見たものは、ごく普通のデスクトップPCだった。五台ほどモニターが並んでいるが、それ以外に変わったところはない。

てっきり倉庫で見たような大型コンピューターがあるのを想像していたのだが、これでは建物の妙な暖かささすら説明がつかない。

だが、モニターを眺めると理由がわかった。

「なるほどね。口座名義はこうやって使われていたんだ」

映し出されているのは、仮想通貨取引所のチャートだった。しかし、よく見るとそれぞれに記されたアカウント名が違う。昇太郎が集めた名義で国内取引所にアカウントを作り、トレーディングするためのものだろう。

マイニングにしろ、トレーディングにしろ、偽装名義の件を除けば、連中のやっていることはすべて合法だった。未成熟な仮想通貨の世界では、有名トレーダーが嘘で値を上下させようと取り締まれないほどである。

だが、このまま放置すれば、膨大な中華マネーで仮想通貨の相場は滅茶苦茶にされてしまう。そこへ麻薬や銃器密売で得たブラックマネーも加わるだろう。その原資を使って、ミサイル開発などされては堪ったものではない。

そんなことは、私が絶対に許さない――。

香純は決意も新たに上階をめざす。エレベーターは使わず、階段で一フロアずつ確かめていくことにした。

二階と三階は、一階と同じくトレーディングルームになっていた。おそらく一室ずつ担当を置いて、仮想通貨の取引をしているのだろう。このときは出払ったあとらしく、まるで人気はなかった。

(それにしても、何かおかしい……)

エントランスと一階で攻撃されたほか、まったく敵の姿を見ない。ますます建物内は暖かくなっていく。全員逃げたとは考えにくい。

しかし、四階へ上がるときだった。三階の廊下から階段へ出た瞬間、斜め上方から一斉射撃を浴びたのである。

「うわっ――」

不意をつかれた香純は慌てて身を隠す。

(ダメだ。これでは上の階に行けない)

狭い階段で複数の銃口に待ち構えられていては、さすがの香純でも通り抜けるのは無理だった。

そこで彼女はいったん退避し、エレベーターホールへと回った。

(こうなったら賭けてみるしかないわ)

もし、エレベーターに仕掛けがあれば、逃げ道はない。だが、ホンミはこの上にいるはずだった。やるしかないのだ。

思いきって香純は乗り込み、四階と五階のボタンを押した。あとは運を天に任せるしかない。

「お祖母さま、香純を見守っていてください」

決死の覚悟を前に、つい口を衝いて出る。苦しいとき心の拠《よ》り所とするのは、やはり我が師であった。

やがてエレベーターの扉が自動的に閉じた。

四階エレベーター前には、二人の男が待ち構えていた。監視モニターで香純が上がってくるのを見ていたのだ。

男たちは、それぞれ手に短機関銃を抱えている。エレベーターの扉が開いたら、一斉に撃つつもりだった。

「くノ一刑事も、さすがに籠の鳥だろうよ」

「ああ。俺たちで仕留めて、若頭への手土産《てみやげ》にしようぜ」

軽口を叩き合いながらも、緊張の色は隠せない。二人とも、目はずっと階数表示を見上げていた。

階数表示が三階から四階へと移る。止まった。ゆっくりと扉が開く。

「今だ！」

「撃てっ」

言うが早いか、男たちの短機関銃が一斉に火を噴いた。けたたましい破裂音とともに、エレベーターの壁という壁がみるみる穴だらけになっていく。

ところが、男の一人が気がついた。

「おいっ、女がいねえぞ。どうなってる!?」

目の前には、穴だらけになった空のエレベーターがあるだけだった。

「確かに乗ったのを見たよな？　なんでいないんだ」

男たちが疑心暗鬼に駆られ始めたとき、鋭い礫《つぶて》のようなものがものすごい勢いで降りそそいできた。

「うわっち……」

「いでえっ！　なんだこりゃ」

礫の表面は尖っているらしく、男たちは顔や手を裂かれてうずくまる。

すると、間髪入れずに天井から女が現れた。天井に張りついていたこの刑事は香純だった。

「ハッ――」

天井の救出口に手を引っかけ、ぶら下がった女刑事は、ブランコのように勢いをつけて足から飛び出した。

跳び蹴りが、そのまま一人の男の顔面を捕らえる。

「ぐはあっ」

男が鼻血を派手に噴き出して倒れる。着地した女刑事は、低い姿勢から今度は後ろ回し蹴りでもう一人のこめかみを打ち抜いた。

「ごぼっ……」

すると、こちらも嫌な喉音をたてて失神してしまう。

二人倒した香純はいったん呼吸を整えた。

「ふうっ。なんとかなったみたいね」

それから各部屋を改めると、四階フロアには倉庫にあったような大型コンピューターが設置されていた。つまり一階から三階まではトレーディングルームに使われており、四階以上がマイニング施設になっているというわけだ。

しかし、ホンミはここにもいなかった。

「残るは五階だけか――」

香純は、最終決戦の時が近づいているのを感じていた。

四階から五階へ昇る階段では、まったく妨害に遭わなかった。

（いったいどういうつもりだろう）

エントランスで仕掛けられた罠の時点で、ホンミは香純が現れることを知っているようだった。だとすれば、必ず仕留めるつもりでくるだろう。その割りには、意外にあっさりと最上階まで来られたのが不気味でもある。

これだけでは終わらない気がする。香純の嫌な予感は、五階奥の招くように開かれたドアの中を目にして、当たっていたことがわかった。

「なかなかおもしろいものを見せてもらったわ、くノ一刑事さん」

待ち構えていたのはホンミだった。金の刺繍が入ったまっ赤なチャイナドレスを着て笑みを浮かべている。並んだモニターには、各所に備え付けられた監視カメラの映像が映し出されていた。この部屋がコントロール室らしい。

しかし、香純が驚いたのは別のことだった。

「清水昇太郎、なぜあなたがここに……？」

ホンミの隣には、昇太郎が気まずそうに立っていた。今頃は佳乃ともども警察の用意したセーフハウスに隠れているはずなのだ。夫婦で拉致され、妻を陵辱されて、今後は捜査協力すると約束したのは嘘だったのか。

答えたのはホンミだった。

「あら、驚いているみたいね。言っておくけど、この男――清水は最初から私のスパイだったのよ。今日だって、あなたに来てもらうために、わざとここの情報をこの男から知らせてあげたんだから、感謝してほしいくらいだわ」

「清水っ、やっぱりあなただったのね」

香純は思わず怒りで頭に血が上る。昇太郎はおずおずと口を開いた。

「違うんだ。どうしようもなかったんだよ、香純さん」

「あなた言ったでしょう？　奥さんのために足を洗うんだって。あれは嘘だったわけ」

「ちっ、違う。俺は……俺は……」

香純に責めたてられ、昇太郎の返事は歯切れが悪かった。

ホンミの後ろには、何やらシーツを被せられたものがあった。工作員は香純に見せつけるようにさっと取り除く。中から現れたのは、椅子に座った佳乃だった。

「佳乃さん――！」

「うふふふ。そういうこと」

ホンミは不敵に微笑んだ。佳乃はただ椅子に座っているだけではなかった。手足をがっちりと固定された上に、腹の前に装置が仕掛けられている。香純はひと目見てわかった。爆弾だ。

佳乃は散々泣いたあとらしく、目の下が真っ黒になっていた。

「香純さん、ごめんなさい。彼のせいでこんなことになってしまって」

「いいのよ。佳乃さん、あなたのせいじゃない。清水だって、佳乃さんを人質に取られて、しかたなく従っているのだから」

ようやく経緯がわかった。昇太郎はホンミに脅されているのだ。彼は隠し持っていたＵＳＢメモリを失くしたと思っている。頼みの綱だった保険を失い、さらに妻まで人質に取られて、従うしかないとあきらめたのだろう。

だが、実際にはＵＳＢメモリはＧ２がしっかり確保している。今が千載一遇のチャンスだ。一気に叩き潰してしまうのだ。

するとと、ホンミが退屈そうに言った。

「あら、人質を取られただけでためらっちゃうの？　なーんだ、やっぱり日本の警察ね。もっと歯ごたえがあるかと思ったけど、期待はずれだったみたい」

「つく……」

悔しいが、返す言葉がない。特殊諜報課は、ある意味で超法規的存在である。正義のためには犠牲を厭《いと》わず、悪を倒すのが目的だった。

しかし、佳乃に罪はない。罪があるとすれば、ダメな亭主にいつまでもしがみついていることくらいだ。否、それだって糟糠《そうこう》の妻という見方もある。

香純はチャンスを窺っていた。爆弾のスイッチはホンミの手にある。距離はほんの五メートルほどしか離れていないが、一気に飛びかかるには、間にあるテーブルが邪魔だった。

「さあ、どうするの。あなたが素直に投降すれば、人質は解放してあげる」

ホンミが答えを迫る。香純は一瞬、言うとおりにしようかと迷った。人質さえ解放されればあとはどうにかなる。だが、それも罠かもしれない。

ジリジリと時は過ぎていく。犠牲を承知で敵を打破するか、それとも投降して時がくるのを待つか。

すると、それまで黙っていた昇太郎がふいに叫んだ。

「俺が悪かった。頼む、佳乃は助けてくれえっ！」

捨て鉢になったのか、そう言ってホンミに飛びかかったのだ。

「え……」

昇太郎の思わぬ行動に、香純はひと呼吸動くのが遅れた。

その隙に、ホンミは襲いかかってきた昇太郎をかるくいなし、手首を取って後ろ手に押さえつけていた。

「たまには男らしいところを見せてくれるじゃない」

「ぐあぁっ……」

このタイミングを逃してはならない。香純は飛び出していた。

もちろんホンミもすぐに気がついた。

「あんた、邪魔よ。どきなさい」

昇太郎を足蹴に転がすと、立てかけてあった短機関銃を手に取った。

すさまじい連射音とともに、銃弾が飛び交う。

「キャアアアーッ！」

銃撃音に佳乃が悲鳴をあげた。香純はとっさに戸棚の陰に隠れる。棚には洋酒の小瓶が並んでいた。

「これでも喰らえっ」

香純は小瓶を次々に投げつけた。その一つがホンミの手の甲に当たった。

「痛っ……」

思わず手をかばうホンミ。そこへ昇太郎が遮二無二《しゃにむに》しがみついてきた。

「くそぉっ。俺だって、やってやるぅ」

「やめろ……このクズが」

あっという間に振り切られ、昇太郎は蹴り飛ばされてしまう。

「ぐえっ……」

昇太郎は嫌な音を出して壁にぶつかったが、しがみついた際にホンミから奪ったのか、その手には起爆装置が握られていた。

よくやったわ。香純はそれを確かめると、一気に攻め込もうとした。

しかし、ホンミはまるで応えていない様子だった。

「まったく、クズの相手は疲れるわ」

退屈そうに言いながら、銃を連射し始めたのだ。

「くそっ」

いったんは飛び出た香純だが、しかたなく転がりながら銃弾の嵐をよける。

その間に、昇太郎は佳乃の縛めを解いていた。爆弾を外すときはヒヤッとしたが、外すと起爆するような仕掛けはしていなかったらしい。

「清水っ、あなたたちはクローゼットに隠れていて」

銃撃の下、香純が叫ぶと夫妻は言うとおりにした。


これで一対一だ。香純は居間とキッチンを仕切る壁に隠れて息を潜めていた。

「いい子だから出ていらっしゃい。逃げ場なんてないのよ」

ホンミの挑むような声が聞こえる。

(今、飛び出したらいい的にされてしまう。でも、出て行かなければ、また佳乃さんたちが危険な目に遭うことになる)

この後、どう動けばいいか香純は思い悩むが、いずれにせよホンミは倒さなければならない。やらなければ、日本の治安と金融市場が混乱に陥ってしまうのだ。

「よし——」

キャップを脱いで手に取り、水平に構える。そして手首のスナップを利かせ、リビングめがけて放り投げた。

するとほとんど同時に短機関銃が火を噴いた。

(今だ)

一歩遅れて香純は壁から躍り出た。もはや銃弾を遮るものはない。くノ一刑事は命を的にして北朝鮮の脅威から祖国を守ろうとした。

ところが、彼女はそこで意外な光景を目にすることになる。

不意にホンミは銃撃をやめたかと思うと言い出した。

「いいわ。そうこなくちゃ。でも、あなたにはもう一人会いたいって人がいるのよ」

「なんですって」

香純が見ると、ホンミは壁にもたれかかっていた。

(いったい何をする気なの?)

すると、ホンミが寄りかかっている壁が動きだした。一間《いっけん》ほどの幅で壁に亀裂が生じ始め、その中心を軸に回り出したのだ。

(どんでん返し——!?)

まるで忍者屋敷のように、団地の壁にはからくりが仕掛けられていた。どんでん返しというのは、一見すると引き戸や壁が回転式の扉になっているものである。

だが、感心している場合ではなかった。

「逃がすか」

香純はホンミを逃すまいと前に出る。ところが、女スパイと入れ替えに現れたのが、覇龍会の松井竜祥であった。

「会いたかったぜ、くノ一の姉ちゃん」

「つく……」

香純がとまどっている間に、ホンミは壁の向こうに消えてしまう。代わりに松井が獰猛な目で迫ってきた。

「こないだは惜しいところだったな。お前だってヤリたかったんだろう」

桜丘の団地で犯す寸前だったことを言っているのだ。香純にも恥辱と怒りの記憶がよみがえってくる。

「黙れ、松井。あんたこそ任侠気取ってるくせに、外国の女スパイの言いなりになって、情けないとは思わないわけ」

「なんだと。お前みてえな忍者気取りに何がわかる」

「あんたはねえ、あの女のハニートラップにかかっているのよ」

「この……クソアマが」

松井の顔色が怒りにどす黒くなる。香純は挑発を続けた。

「あんたとホンミの関係は、親分に内緒なんでしょう。あんたは平気でボスを裏切るような奴なんだわ」

「てめえ……許さねえっ！」

ホンミと寝ているという指摘は、香純の勘でしかなかったが、どうやら図星だったようだ。堪忍袋の緒が切れた松井は猛然とつかみかかってきた。

「うらあああっ」

「――っく」

とっさに香純は腰を落とし、冷静さをなくして正面から突っ込んでくる松井をすくい投げようとした。

「させるかあっ」

ところが、膂力《りょりょく》に勝る松井に強引にねじ伏せられてしまう。この男の体力は異常だった。

「うっ……」

「へっへっへ。今日はたっぷりと可愛がってやる」

松井の巨躯にのしかかられ、香純は身動きがとれない。

荒い息遣いが顔にかかった。このままでは犯られてしまう。

「ぷっ――」

香純の放った含み針が、松井の首筋に刺さる。針には鎮静剤が塗られていた。

(これで、なんとか逃れられるはず)

だが、安心するのは早かった。

「こんなちっぽけな針なんぞ、チクリとも感じないぜ」

なんと松井は平気な顔で首の針を払ったのだ。どうやら興奮しすぎて生薬の鎮静作用が効かないらしい。

「うへへへへ」

松井は下卑た笑みを浮かべ、香純の服に手をかける。そしてブルゾンとパーカーを同時につかんで、力任せに引きちぎった。

「うらああっ」

「イヤアッ」

とっさに香純は胸元を腕で隠した。馬乗りになった松井が言う。

「へっ。色気のねえブラ着けやがって。ホンミの爪の垢《あか》でも飲ませてやりてえ」

すると、おもむろに松井はうなじにむしゃぶりついてきた。

「や、やめろ、……」

香純は必死に抵抗するが、ゴリラのような力で押さえつけられていては、どうしようもない。

松井はうなじに舌を這わせ、思い切り女体の芳香を味わっていた。

「ハアッ、ハアッ。肌だけは堪らんな。褒めてやる」

「つく。誰がお前なんかに褒められて、喜ぶとでも思ってるの」

「へえ。そんな強がり言ってるが、オマ×コは正直なモンだぜ」

そう言いながら松井は、強引にパンティの中に手を突っこんできた。

「あ……やめろ、触るなっ……」

太い指に秘部をまさぐられ、香純は危うく喘ぎそうになった。

すでに松井の股間は硬くなっていた。

「よおし、殺す前に気持ちよくしてやるよ」

「ふ、ふざけるな、誰がお前なんかと……」

香純は懸命に抗うが、上に乗っている松井を払いのけることはできない。

「ふぇっへっへっへ。俺のムスコを見たら、お前からお願いするようになるぜ」

松井は自信たっぷりな態度でズボンに手をかけた。

だが、実はそれこそ香純が望んでいた展開だった。こうなるようにあえて挑発し、誘い込んだのだ。

松井がズボンを下ろすため、少し腰を浮かせた。

（チャンス）

すると、香純は逃れるのではなく、松井の体に巻きつくように自ら組みついた。

「お。なんだ、おい。積極的じゃねえか」

勘違いした松井は油断している。香純は手足をしっかりと巻きつけたまま、滑るように背後に回った。

「淫術『白蛇縛り』――」

囁くように言うと、彼女は手足を締めつけていった。

「ぐおっ……てめ……にしやがる」

太い血管を締めあげられた松井はもがき苦しむ。「白蛇縛り」は、蛇のように巻きついて相手を絞め落とす技である。

だが、松井も一筋縄でいく男ではない。なんと、鬱血したどす黒い顔をしたまま、背中に香純を乗せて立ち上がったのだ。

「ぬ……うう……」

普通の男なら、とっくに落ちている。香純は松井の底知れぬ体力に戦《おのの》いた。それでも決して手足を離そうとはしなかった。

松井の足元はふらついていた。失神寸前なのだ。しかし最後の力を振り絞り、壁に向かってダッシュで後退したのだ。

「くっそおおおーっ」

「ごふっ――」

香純は壁に叩きつけられ、一瞬気を失いそうになった。

「うう……」

それでも必死にしがみつき、松井の体を絞め続けた。松井は手負いの虎のように暴れたが、香純は死んでも離すつもりはなかった。

「……こふっ……うぐぅ……」

やがてさすがの松井も崩れ落ちていった。血流を止められてブラックアウトしたのだ。

「ふうっ、ふうっ」

ようやく松井から離れた香純は、肩で息をしていた。格闘はそれほど長い時間ではなかったが、体力をほとんど使い果たしたような感じだった。

しかし、のんびりしている場合ではない。

「佳乃さんたち、大丈夫？」

香純はクローゼットに駆け寄った。夫妻は無事だった。

「ああ、香純さん。大丈夫だったんですね」

佳乃は顔に涙の跡を残し、震えていた。まだ恐怖が去らないのだろう。

一方、昇太郎も歯をカチカチ鳴らしていた。

「た……助かりました。俺、恐ろしくて――」

「黙りなさい！」

香純は一喝するなり彼の横面《よこつら》をはたいた。

「ぶわっ……」

「あなた――」

突然のことに、昇太郎も佳乃も唖然としている。

香純も自分でしたことに驚いていた。反射的に手が動いていたのだ。

「佳乃さんには悪いけど、清水。あんたは、すべての人に対して裏切り行為をしたのよ。覇龍会にも、奥さんにも、そして私にも嘘をついたの」

「刑事さん、本当に申し訳ありませんでした。俺、怖かったんです。佳乃まで巻き込まれて、まさか爆弾まで……罪は償います。だからどうかこいつだけは、佳乃だけは見逃してやってください」

昇太郎は言うと、深々と頭を下げた。

「あなた……。香純さん、あたしからもお願いします。なんとか昇太郎を、うちの亭主を真人間にしてください」

佳乃からも頭を下げられ、香純はそれ以上の言葉を飲み込んだ。

「わかったわ。ただし、条件がひとつある。詐欺と銃器密輸に関して証言してもらうわ。いいわね」

言いながら香純は永吾のことを思っていた。昇太郎は、捜査二課が追う事件の解決に欠かせない証人だ。それだけでも生かしておく理由になった。

すると、昇太郎は神妙な面持ちでうなずいた。

「約束します。俺、本当はヤクザなんて向いてなかったんです。だけど、今度のことでハッキリしました。全部吐き出したいと思っています」

これで詐欺事件は立件できるだろう。ひと安心した香純だが、さっきから部屋の温度が異常に暖かくなっていることにも気がついた。

「ともかく建物の外に避難してちょうだい。なんだか嫌な予感がする」

温度の上昇は、何台もの大型コンピューターのせいであることはわかっている。それにしても、この暑さはまともではない。何か異常事態が発生しているのだ。

「この棟の向かい側に、団地の寄り合い所がある。そこには誰もいないはずだから、私がいいと言うまで隠れていて」

「あ、はい。そうします」

「わかりました」

「いいから早く！」

香純に急きたてられて、清水夫妻は階段を下りていった。昇太郎のことを信用したわけではないが、佳乃がいる限り、逃げるようなことはないだろう。

「待ってなさい、チェ・ホンミ」

床に長々と伸びている松井を尻目に、香純は隠し扉の中へと飛び込んだ。


屋上へと逃れたホンミは、スマホの通話を切ったところだった。

団地の建物はいよいよ熱をおびてきた。くノ一刑事の相手を松井に任させてきたが、どうなっただろうか。

（あの女は来る。必ず）

彼女はそう確信していた。松井の暴力性は認めるが、所詮は素人だ。特殊な訓練を受けた戦闘のプロには敵わないだろう。

ホンミはふと自分の生い立ちを思い浮かべていた。

彼女の父親は党幹部だったが、直属の部下が配給物資を横領したのが発覚し、責任を取らされて収監されてしまった。嘆いた母は半年後に自殺。当時まだ七歳だったホンミは、別の党幹部に養子として引き取られた。

そして、その日から特殊工作員としての訓練が始まったのだ。訓練は厳しく、何度も脱走しようと考えたほどだった。

(だけど、私は逃げなかった)

彼女を支えたのは、やはり実父の恥辱をはらしたいという強い思いからだった。

やがてホンミは優秀な成績で訓練を終えた。日本を初めて訪れたのは、十九歳の頃だった。韓国人留学生として身分を偽り日本の大学へ通い、本国が秘密裡に支援する政治団体へ学生を勧誘する任務だった。

それから数知れぬ任務をこなしてきた。やがてホンミの活躍は党の目に留まるところとなり、今度の大役を仰せつかったのである。

(この作戦は絶対に成功させる。そのためなら邪魔者は消す)

　ホンミは決意も新たに好敵手を待ち構えた。

　香純が隠し扉を抜けると、もうひとつ部屋があった。そして扉が開いている。

「あっちか」

　部屋の扉を開くと外階段があった。ホンミはここから上に逃げたのだろう。

　香純は屋上をめざした。

　外階段を上がり切ると、屋上に出るドアがあった。ドアは開いていたが、香純はいったん立ち止まり、耳を澄ませる。

「どこにいるの」

　気配は感じられない。あまりに静かだった。

　だが、いつまでも待っているわけにはいかない。香純は慎重な足取りで屋上に踏み出した。

　とたんに遠くから風を叩く音が聞こえてくる。

「ヘリ——？」

　音はヘリコプターのものだ。だが、警察のものではない。応援など要請した覚えはなかった。

（ホンミが脱出するために呼んだのか）

ヘリの音は徐々に近づいていた。その前に捕まえなくては。焦りを感じた香純は、つい無防備に開けた場所へ飛び出してしまう。

「あっ……！」

その瞬間、眩《まぶ》しい光が香純の目を刺した。真っ正面から強烈なフラッシュライトを浴びせられたのだ。完全に視界を奪われてしまう。

白一色に塗りつぶされた世界の片隅に人影が映る。ホンミだ。

「うう……」

香純は目頭を押さえ、必死に視力を取り戻そうとした。だが、その間にもホンミが迫ってくる。とてつもない早さだ。

「くノ一刑事、覚悟しろっ」

叫びながらホンミはそのまま突っ込んできた。懐にキラリと光るものを構えている。刃渡り三十センチはあろうかというサバイバルナイフだった。

「――くっ」

香純は横へ転がり、危うく白刃から身を避けた。

「甘い」

ところが、空振りしたホンミはよろめくこともなく、足を軸に回転して二の太刀を浴びせる。

ナイフの刃先が香純の服を裂いた。

「うぐっ」

致命傷は避けられたが、刃先は二の腕の皮まで達し、鮮血が流れた。

このままでは防戦一方だ。先手を取られた香純は右に左に攻撃を避けながら、隙が空くのを待った。

ホンミが表情一つ変えずナイフを横に払う。

「ふんっ」

「今だ――」

おかげでホンミの体が開いた。すかさず香純は含み針を放った。

見事ヒットした。ホンミは首筋を押さえて呻く。

「ううっ……」

チャンスだ。ホンミの体勢が崩れたのを見て、香純は狙いすまして回転蹴りを見舞った。

蹴りは見事手首に当たり、ホンミはナイフを取り落としてしまう。

「あっ」

ホンミが体勢を崩したのを見計らって、香純は素早く飛びかかる。

「つく。離せ、この……」

「そうはいかないわ」

格闘の訓練を受けた者同士だけあって、寝技の応酬も凄まじかった。どちらも優位な体勢をとろうとして盛んにもつれ合った。

やがてホンミが香純の腕をとった——が、それもつかの間。反対に、香純はホンミの背後に回り、チョークスリーパーを決めていた。

「うぐぐ……ぐっ」

美しい女工作員の顔が苦痛に歪む。必死に逃れようとするが、香純は決して離そうとしなかった。

「勝負あったようね。観念しなさい」

やっと終わったか。勝利を確信した香純は胸をなで下ろしていた。

ところが、その安堵が隙となった。

「ふうっ、ふうっ」

ホンミは息苦しそうにしながらも、おもむろに香純の股間をまさぐってきたのだ。

驚いたのは香純のほうだ。

「なっ……何をするの。やめなさい」

「ふうっ、ふうっ」

もちろん言われてやめるホンミではない。後ろ手に回された手は、確実に香純の敏感な部分を捉えていた。

（嫌だ。どうしてこんなに感じてしまうの……）

指戯は巧みで、抗う香純も股間が熱くなっていくのを感じた。北朝鮮女工作員の受けたであろうハニートラップの訓練は伊達《だて》ではなかったようだ。

「ハアッ、ハアッ」

我知らず、ホンミの首を絞めていた腕が緩んでしまう。

その隙を女工作員は逃さなかった。するりと身体の向きを変え、互いに向かい合う形のまま押し倒してきたのだ。

「ああっ……」

「ふふ」

気づくと形勢は逆転していた。ホンミの甘い息が香純の顔にかかる。

「こうなったらとことんまでやり合いましょうか。くノ一刑事さん」

「何を……この……」

香純は葛藤した。ホンミの意図はわかっている。女同士、最後は肉悦合戦で勝負をつけようというのだろう。

先に絶頂させられた方が負け――。

（わかったわ。徹底的にやってやろうじゃない）

ついに香純は覚悟を決めた。

香純はホンミの背後に腕をまわし、チャイナドレスのバックファスナーを手早く下ろしてしまう。

「あんっ。何するの」

突然のことに、さすがのホンミも思わず胸元をかばう。ドレスの下は、まっ赤なストラップレスブラを着けていた。

だが、香純は構わずブラの中に手を差し込んだ。

「こうするのが望みなんでしょう」

「あんっ……っく。その通り。さあ、決着をつけましょうか」

「いいわ。望むところよ」

香純は、怒りを込めて指に挟んだ乳首を押し潰した。

「あっひぃぃぃっ」

ホンミはガクンと顎を反らして喘いだ。しかし、彼女も北朝鮮特殊工作員である。ハニートラップで対象者を骨抜きにするため、ベッドでの技術も特別な訓練を受けている。

「あん。なかなかやるじゃない、くノ一刑事さん」

気力を振り絞って言うと、ホンミは香純の股間をまさぐる手に力を込めた。

「あっ……やめなさい」

「あっふ。やめないわ。あなただって感じてるんでしょう」

ホンミは肩で息をしつつ、淫裂を揉むように擦る。

「んああ……ダメ。どうして――」

ズボンの上からだというのに、どうしてこんなに感じてしまうのだろう。香純は体の奥底から湧きあがってくる淫欲に戦いた。それほどホンミの手淫は的確に急所を捉えてきた。

「くそっ」

香純もお返しとばかりに、ホンミの股間に手を伸ばす。

「ああっ、イイッ。そうよ、もっといじって」

「あんっ、ああっ。やめなさい、やめて……あふっ」

いつしか攻めていたはずの香純のほうが大きな声をあげていた。

（つく。私だって──）

快楽に苦しむなか、香純は幼少から受けた訓練を思い出していた。くノ一は年頃になると、閨で男を悦ばせる技を教え込まれる。歩き巫女から始まったくノ一は、遊女に扮して情報を得ることが多かったからだ。

香純の祖母も、同じようにして孫娘にセックスの技芸を叩きこんだ。しかし、かつての時代とは違う。彼女は任務のために抱かれたくもない相手と寝ることには最後まで反発した。

だが、今はそんなことにこだわっている余裕はない。

（負けるものか）

拠って立つ場所は違えど、香純は本能的にホンミと似たような立場にあるのを意識していた。ライバル心が対抗意識を燃やした。

「天国まで連れて行ってあげるわ」

彼女は言うと、ホンミの体に抱きついた。

「それはこっちのセリフよ」

ところが、ホンミはその手をするりと抜け、反対に香純にのしかかって押さえこんでしまう。

「うっ」

「たっぷりと可愛がってあげるわ」

トロンとした目つきで、ホンミは香純の服に手をかける。次の瞬間には、下着ごと香純の下半身を脱がしていた。

「イヤアッ」

思わず叫ぶ香純。すると、ホンミも自らパンティを脱いでしまう。

「女同士なんて久しぶりね。ワクワクしてきちゃう」

ほくそ笑む工作員はしどけなく太腿を重ねる。開いた脚の間には、ぬらつく女壺が濡れ光っていた。

危ない。瞬時に覚った香純は逃れようとするが、気づいたときには足首を脇に取られて動けなかった。

「あら、思ったよりきれいな色してるのね、あなたのオマ×コ」

「黙れ……」

自分の秘部も見られている。香純は羞恥に頬を染めた。だが、逃れたくても体が言うことを聞かない。催淫剤《さいいんざい》を打たれたのはホンミなのに、まるで彼女のほうが欲情に絡め取られてしまったかのようだった。

やがてホンミは両脚を互い違いに絡ませ、腰をせり上げてきた。

「やめて。何する気」

「うふふ。あなたがしたいと思ってることよ」

徐々に股間が迫ってくる。香純は天を仰いだ。互いの秘部は距離を縮め、ついにラビア同士がキスをした。

「あああっ」

「あふうっ」

ピタリと秘貝は重ね合わさり、二人の口から同時に喘ぎ声が上がる。

「ああ……あんっ」

ホンミはそのまま腰を小刻みに蠢《うごめ》かし始めた。

「あっひ……ダメ。ああ……」

香純はめくるめく快楽に気が遠くなるようだった。貝合わせなど生まれて初めての体験だった。ホンミの女陰は熱く、ぬめりが多かった。男の手などで愛撫されるのと違い、柔肉の押しつけられる感触は格別だった。

「ああっ、どうしよう。感じちゃう」

「んあっ、ああっ。くノ一さん、あなたのオマ×コもなかなかのものね」

気づくと形勢は逆転していた。とはいえ、催淫剤の効果のためか、勝ち誇るホンミも息を喘がせ身悶えていた。

満々と水をたたえた蜜壺が擦れ合い、ピチャピチャと淫らな音をたてた。

「あんっ、あっ。ああっ、あっ」

「んっ。あふっ、ああん」

夕闇迫る団地の屋上で、見目麗《みめうるわ》しい女二人が絡み合っている。上空のヘリは様子を見るように旋回していた。

ぐちゃり。ふいに肉芽を潰された香純は電撃に襲われた。

「んあああーっ」

懊悩に思わず身を反らしたとき、絡んだホンミの脚がふと解けた。

しかし、ピンチから脱したわけではなかった。ホンミはいったん起き上がると、今度は股間に顔を突っ込んできた。

「まあ、グチョグチョじゃない。澄ました顔して好き者ね」

改めて秘部をじっくり観察され、香純は暴れる。

「やめろっ、離せ」

「うふふ。そうはいかないわ」

だが敵も然《さ》る者、先ほどとは逆に足首を取られ、身動きがとれない。そのまま香純は足首を持ち上げられ、マングリ返しにさせられてしまう。

「イヤアッ、やめて。何するの」

これでは秘部が丸見えだ。香純は羞恥のあまり叫ぶが、その間にもホンミは不敵な顔を敏感な部分にそば寄せてくる。

「うふふ。エッチなおつゆがいっぱい」

ホンミは言うと、おもむろに舌を這わせてきた。

「あっひ……！」

ざらっとした感触が淫裂を襲い、香純はビクンと体を震わせた。

股間に顔を埋めたホンミは、淫靡《いんび》な舌使いで責めたててくる。

「あぁーっ。どうして……女同士でそんな——」

秘部を這いずる舌はまるで独立した生き物のようだった。香純はしだいに下腹部が重苦しくなってくるのを感じた。

だが、ホンミが本領を発揮するのはこれからだった。

「いくら恰好のいいことを言っていても、所詮はただの女に過ぎないってことを教えてあげるわ」

彼女は言うと、舌を長い錐《きり》のように伸ばした。

（マズイ……）

香純は直感的に危機を察した。絡み合った瞬間から、先に絶頂したほうが負けだと互いに承知している。

ホンミの舌は、凶悪な肉棒のようにぬらぬらと光っていた。

「いくわよ――」

宣言すると、尖らせた舌を花弁のあわいに差し込んだ。

「う……」

香純はビクンと跳ねる。膣壁が押しひろげられ、粘膜同士の擦れる感触がゾクゾクと背筋を駆け上がる。

気づくと、舌は蜜壺の奥まで挿入されていた。

「ヘアッ、ヘアッ、ヘアッ」

顔面をピタリと股間に押しつけた形のホンミは呼吸を整える。

「ああ、やめて――」

かたや香純は戦いている。このあとの展開は容易に想像できた。だが、体が言うことを聞かないのだ。マングリ返しで押さえつけられていては、避けることなどできなかった。

案の定、やがてホンミは顔を上下に動かしはじめた。

「ヘッ、ヘッ、ヘッ」

「あああーっ」

とたんにすさまじい快楽が香純を襲う。蜜壺を塞ぐ舌肉竿は、男の持ち物よりサイズは小さいが、中で自在に蠢いた。

しだいに抽送がリズミカルになっていく。ホンミは盛んに首を振りながら、上目使いに勝ち誇った表情を浮かべた。

「どう？　これが欲しかったんでしょう」

まるでそう言われているようだった。

「つく……」

香純は悦楽に流されまいと必死に堪えた。まさか舌をペニスのようにして攻撃してくるとは思いも寄らなかったのだ。さすがは特殊工作員。ベロチ×ポは容赦なく奥に抉り込んできた。

「どう？　こんなの初めてでしょう」

「あっ。ああっ、ダメ。あふうっ」

　このままではイッてしまう。香純は身悶えながらも、反転攻勢を目論んでいた。しかし、いかんせん体勢が悪い。体を二つ折りにされたままでは、手出ししたくてもしようがなかった。

「ハアッ、ハアッ」

　ところが、ふと見ると、ホンミは抽送の合間に息を喘がせていた。彼女も責めながら興奮しているのだ。

（チャンス——）

　香純は肩で息をしながら、恐る恐る腕を伸ばす。太腿の裏に回し、股間に埋もれるホンミの顔を両側から捕まえた。

「私もう——我慢できない。きて」

　香純は言うと、ホンミの顔を持ち上げようとした。だが、一回目は失敗。警戒されたのかと思ったが、そうではなく舌抽送に夢中なようだった。

「ね、お願いよ」

　そこでもう一度おねだりしてみる——と、今度は反応があった。

「ああ、私も興奮してきちゃった」

ホンミはそう言って顔を上げたのだ。すかさず香純は唇を尖らせる。するとホンミが顔を近づけてきた。

「んふうっ」

「ん……」

自ずと濃厚なキスが始まる。女同士のキスは粘った音をたて、たっぷりと唾液を交換しあうものだった。

「おふうっ、んん……」

なんと甘く、淫靡なキスだろう。香純は誘い込んでおいて、自分が蕩けてしまいそうだった。

一方、ホンミもうっとりと目を閉じて舌を味わっていた。

「んふぉ……んっ……」

できることなら、このまま快楽に流されてしまいたい。香純の心をそんな思いがかすめるが、絶好の機会を逃すわけにはいかない。

香純は懸命に舌を動かしながら、ホンミの背中にまわした手をさりげなく前のほうへ移動させる。クンニされている体勢では無理だったが、顔の高さが同じになった今なら手が届く。

（ここだ――）

鼠径部《そけい》に親指を当てると、香純はそこをぐっと押しこんだ。

その感触にハッとしたホンミが、思わず顔を上げる。

「んぐ……何をしたの？」

「今にわかるわ」

上気した顔で睨み返す香純。彼女が押したのは、「女芯殺し」といわれるツボであった。この経絡を突かれると、自分ではどうしようもないほど感じてしまうのだ。

はたしてホンミにも変化が現れてきた。

「あ……何よこれ。なんか体の奥がウズウズして――」

ふいにホンミは起き上がり、胸と股間を押さえ出した。傍目には苦しんでいるようだが違う。ツボを刺激されたせいで、すさまじい快感が怒濤《どとう》となって押し寄せてきたのだ。

「ああぁっ、アソコが。アソコが燃えるように熱い」

そして、ついにホンミは堪えかねたように横たわる。それればかりではない。理性が抑えきれなくなったように、無我夢中で自慰を始めたのだ。

香純はすっくと立ち上がり、身悶える工作員を見下ろした。

「残念ね。『女芯殺し』を突かれたら、燃え尽きるまで止まらないわ」

「ぐっ……この牝狐《めぎつね》が……あううっ」

「牝狐はあなたよ。国家公安委員会の延岡、覇龍会の松井、そして清水昇太郎。あなたは彼らの弱みを利用し、彼らが信じるものを裏切らせた」

「それは……ああんっ。連中が望んだことだ」

「そうかもしれない。彼らにもそれぞれ罪はある。でもね、女スパイさん。だからといって、この国ではあなたみたいな者に好き勝手させるわけにはいかないわ」

これまでの戦いで香純は疲弊しきっていた。しかし形成が逆転した今、少しくらいは感情をぶつけてもバチは当たらないだろう。

思いを吐き出した後、香純はおもむろにしゃがみ込んだ。

「天国へ行ってらっしゃい」

そう言うと、香純は手をホンミの秘部に伸ばした。

「うっく。やめろ……やめるんだ。それ以上触られたら私は――」

「どうなるのかしら。見てみたいわ」

香純は三本の指を揃えて蜜壺へと突っ込んだ。

とたんにホンミは背中を反らせる。

「ああぁっ、イヤアッ。感じ過ぎちゃうっ」

その言葉通り、ホンミの感じようは尋常ではなかった。ガクンと頭をのけ反らせ、何かに驚愕するような表情を浮かべている。

だが、香純は容赦なく手淫を開始した。

「ほらっ、ほらっ。これで、どう？」

「あっ。ああぁっ、ダメ。あふうっ、そこっ」

蜜壺は満々と水をたたえ、指が出し入れされるたび、ぐちゅぐちゅといやらしい音をたてた。

「ああっ、イイッ。あああっ、イイイッ」

みるみるうちにホンミは昇りつめていく。うなじを桜色に染め、しなやかな肢体がうねる姿は凄艶だった。

香純の手淫はますます激しくなっていった。

「さあ、我慢しないでいいのよ。イッちゃいなさい」

「あふっ、ああっ。くそっ、なんで……はひぃ」

「うふふ。もう限界みたいね。それっ」

さらに香純は親指の腹で肉芽を押し潰した。やられたホンミは堪らない。

「あっひ、ダメ……あああーっ、イグううーっ！」

ガクガクと頭を揺らし、四肢をグッと突っ張った。

「イクッ、イクッ、またイッちゃう」

ところが、絶頂は一度では済まなかった。押し寄せる波のように二度、三度と衝撃は襲ってきた。

ホンミは驚愕したように目を剝いていた。

「なにこれ。おかしくなっちゃ……はひぃっ、ダメッ。また」

「とっても気持ちよさそうな顔してるわ。羨ましいくらい」

香純はほくそ笑んだ。「女芯殺し」の恐ろしさは、いったん絶頂し始めると止まらなくなることだ。

実際、ホンミは連続絶頂しすぎて呼吸困難に陥っていた。

「はひっ、はひっ。ダメ。助けて、もう堪えられない」

せわしなく胸を上下させては、まだ小刻みにぴくりぴくりと反応した。

最後の仕上げだ。香純は熟れた蜜壺を無茶苦茶に掻き回した。

「イキなさい」

「イッヤアアアーッ！　ダメえええええっ」

血を吐くような絶叫が鳴り響く。ホンミの身体は陸に上がった魚のように暴れ回った。絶頂は容赦なく繰り返された。

「あひぃっ、イッ……あぁあ……」

最後に大きくうねると、開いたホンミの股間から黄金色に輝くアーチが噴き出した。連続絶頂したせいで潮を吹いたのだ。

「あっひ……」

ついに息絶えたようになり、ホンミはがくりと気を失った。

勝ったのだ。香純はグズグズになった蜜壺から手を抜いた。

だが、勝利の快感より疲労が勝っていた。やっと終わったのだという安堵感から一気に溜めこんでいたものがあふれてきたのだ。

しかし、まだ仕事は残っている。香純は服を着直すと、ぐったりと気を失っているホンミにも着せてやった。

ところが、そのときだった。ふいに地鳴りのような轟音がしたかと思うと、地面が大きく揺れたのだ。

突然の地響きで香純はよろけそうになった。

「爆発……？」

地震の揺れではない。しかも、爆発は意外と近くからだった。

香純は急いで屋上の柵から身を乗り出し、階下を覗いた。

「五階——さっき佳乃さんに仕掛けられていた爆弾だわ」

窓ガラスが割れ、煙をたなびかせているのは、さっきまで昇太郎と佳乃がホンミに囚《とら》われていた部屋だ。すでに夫妻は外に避難していたが、室内にはまだ松井が昏睡しているはずだった。

この分では松井は助からなかっただろう。これも悪行の報《むく》いか。

（だけど、なぜ爆発が起きたのかしら）

起爆装置は昇太郎がホンミから奪っていた。爆発したとしたら、何らかの偶然のせいだ。コンピューターの発する熱で誘爆したのだろうか。

（こんな所にのんびりしている場合じゃない）

香純がそう思って柵から離れかけたときだった。

二度目の爆発があったのだ。否、それどころか三発、四発と連続して轟音が鳴り響いて建物を揺らした。

「きゃあっ」

思わず身を伏せる香純。ふと見ると、連続絶頂したホンミはまだぐったりと横たわったままである。この爆発にもまるで気づいていないらしい。

今度の爆発は五階だけではなかった。四階やもっと階下からも、続けて窓ガラスの割れる音や建材の砕ける音がしていた。

「いったいどういうことなの」

香純は上空を見上げる。そこには、まだヘリがいた。しばらく建物が爆発するのを確認するように旋回していたが、まもなく方向を変えたかと思うと、なんのためらいもなく彼方へと飛び去ってしまったのである。

（ホンミを見捨てたんだ）

おそらく計画では、団地に誘い込んだ香純を倒し、ホンミはヘリで脱出、その上で建物ごと爆破し、証拠隠滅を図るつもりだったのだろう。

だが、直接対決では香純が女工作員を制した。それを見た迎えのヘリはホンミの救出をあきらめ、証拠隠滅を優先させたのだ。

（思えばあなたも気の毒なものね）

香純は横たわるホンミを眺め、思わず工作員の悲哀に同情した。

すると、地上から呼びかける声が聞こえた。

「香純さーん、大丈夫ですかあ」

「早く脱出しないとヤバイよお」

佳乃と昇太郎だ。爆発に驚いて寄り合い所から飛び出してきたのだろう。

香純は手を振って無事を伝えた。

「私は大丈夫よ。それよりあなたたちも、建物から離れて。いつまた爆発があるかわからないから」

しかし、地上の夫妻は心配そうに言い返す。

「私たちのことはいいから、香純さんも早く降りてきて」

「下の階のほうがヤベえぞ。今にも崩れ落ちそうなんだ」

「わかった。すぐに降りるから、なるべく遠くで待っていて」

とにかく急がなくては。香純は柵を離れ、倒れているホンミのもとへと駆け寄った。

「またくっつくのは不本意だけど——」

独り言を言いながら、彼女はぐったりするホンミを起き上がらせ、持参したロープで背中にくくりつけた。

準備ができると、しゃがんだ姿勢から膝を立てる。

「んしょ……っと」

気合いを入れて立ち上がり、もう一本のロープを貯水タンクの基礎部分に結わえ付ける。そして向かったのは非常階段ではなく、屋上の柵があるほうだった。

地上にいた昇太郎は、香純がホンミを背負って現れたのを見て驚く。

「香純さん、その女は——」

「大丈夫。気を失ってるわ」

香純は答えながら、苦心して柵を乗り越える。佳乃も声をかけてくる。

「まさかそこから飛び降りる気じゃ……香純さん、やめて」

彼女が心配するのも無理はない。だが、香純は生粋のくノ一だった。敵陣に潜り込み、情報を盗んでくるのが習いの忍者にとって、脱出術は欠かせない習得すべきものだった。

柵を越えた香純は、伸ばしたロープを自分の体にも一周させる。

「ふうーっ」

そして呼吸を整え、後ろ向きで屋上の縁に足をかけた。

「それっ——」

香純は両手に持ったロープを緩め、建物の壁面を降下しはじめる。一歩ずつ、壁面を蹴っては降下し、反動でまた壁にとりつく。傍目には軽やかに飛び跳ねているように見えるが、二人分の体重を支えるのは容易ではない。

「うう……ぐっ……」

歯を食いしばり、着実に降りていく。だが、やっと五階部分を通過しようとしているところだった。すぐ下の四階からまた爆発音が鳴り響いたのだ。

爆風にさらされ、危うく落下しそうになる。

(つく。負けるか)

ギリギリのところでなんとか耐えた。ここで落下してしまっては元も子もなくなる。だが、背中にかかる重みはしだいにきつくなってくる。腕の筋肉がいまにも壊れてしまいそうだった。

それでも爆発が収まると、香純はふたたび降下を続けた。

「ふんっ……それっ……」

あと十五メートル、十メートル。地面が近づくにつれ、腕の痺れもきつくなっていった。

しかし、香純は耐え抜いた。

「——ふうっ」

ついに地面に降り立ったのだ。足の裏に地面を感じたとき、香純は安堵感からそのまま卒倒しそうになった。

「香純さん――！」

そこへ駆けつけてきたのが佳乃だった。傍らには昇太郎もいる。

「すげえ、すげえよあんた。たった一人で若頭とこの女をやっつけちまって――本当、すげえよ。あんたって人は」

昇太郎は香純の活躍に感動しているようだった。目には涙さえ浮かべている。

香純は夫妻の言葉を聞きながら、その場に倒れこみそうになるのを堪えた。だが、背中にくくりつけたホンミの身体を下ろしていると、ふいに建物が大きく揺れた。

嫌な予感がした。香純は気力を振り絞り叫んだ。

「ここにいたら危ない。急いで離れるのよ！」

「わ。ヤベえ、また爆発するぞ」

「あなた、早く！」

香純と昇太郎がホンミを抱え、三人は慌てて建物から離れた。

その背中を脅かすように大爆発が起きる。

「キャアッ」

「うわあっ」

「ああっ」

近くにミサイルでも落ちたようだった。爆風はすさまじく、逃げていた三人とホンミも背中から煽られて、五メートルほども吹き飛ばされていた。

地面に叩きつけられ、三人は呆然と背後を見やる。

「ああ……」

「崩れていく」

いまや団地は紅蓮《ぐれん》の炎を噴き出す塊《かたまり》と化していた。これでマイニング工場は完全に壊滅したのだ。


G2隠し部屋で、香純は報告を終えたところだった。

「――以上です。北朝鮮による企みは無事壊滅しました」

マイニング工場を壊滅した後、香純は輝正に連絡し、事後処理を頼んだ。一方、昇太郎に関しては、物証となるUSBメモリを持って永吾のもとへ向かわせたのだった。

輝正は深く頷き、部下の労をねぎらう。

「天堂君、ご苦労だった。ちなみに、覇龍会の借りる倉庫からコンピューターや銃器は押収された。カード詐欺の事件も立件される見通しだ」

香純はホッと胸をなで下ろした。戦いを終えた安堵感もあるが、永吾が手柄を立てられるのがうれしかった。

さらに輝正は経過を説明する。

「爆発した浅見台の団地だが、消防が鎮火したあとは、ほとんど何も残っていなかったそうだ。現場は瓦礫の山だそうだよ」

「では、松井竜祥は」

「うむ。五階の部屋から黒焦げの遺体が見つかった。損傷がひどいが、歯型などをいま検証しているところだ。まず間違いなく松井だろうということだがね」

「そうですか」

ちなみに、ホンミの身柄は公安部に引き渡された。これから聴取が始まるということだが、たいした情報は得られないだろう。

だが、特殊課報課のできることはここまでだった。現実の脅威を取り除いたあとは、本来の治安機構に任せるしかない。

しかし、もう一人忘れてはならない人物がいた。

「それで、延岡はどうなりますか。立件は可能なんですか」

香純が訊ねると、輝正は沈痛な面持ちになった。

「延岡は自殺した。ホテルで首を吊っていたそうだ」

どうやら延岡は悪事が露見し、もはや逃げようがないと悟って死を選んだのだろう。

法科大学院の教授から国家公安委員会のメンバーにまでなったが、娘の不幸な死を恨み、権力の濫用に走ったのが間違いだった。

「ともかくも、今回の任務は以上だ。天堂君、本当にご苦労だった。大変だったろうし、少し休暇をとるといい」

輝正に言われ、香純は深々と頭を上げた。

「室長もお疲れさまでした。では、お言葉に甘えて、三日ほど有休を取らせてもらいます」


翌朝、香純は東京駅にいた。休暇を利用して、久しぶりに祖母のもとを訪ねてみようと思いたったのだ。

ホンミとの戦いには勝った。だが、今回の捜査で反省すべき点も多く見つかった。

敵の誘導に二度まで騙され、松井にも犯されそうになった。

（まだまだ修行が足りない）

なかでも特に忘れられないのは、桜丘の団地でのことだ。初めて出会った永吾を色眼光で落とし、その間に松井らに拉致されてしまった。最終的には取り返したとはいうものの、手痛い失敗であった。

ほかにも引っ掛かっていることがある。

（ホンミとの一騎討ちのことをお祖母様が聞いたら、どう言うかしら）

祖母は厳しい人だった。孫娘が北朝鮮工作員との肉弾戦に躊《ちゅう》躇《ちょ》したと知ったら、どんな叱責を受けるかわからない。

そんなことを考えながら、香純は駅ホームを歩いていた。すると、背後から小走りで近づいてくる足音が聞こえた。

「天堂さん、香純さん」

足をとめると、そこには永吾がいた。

「菅原さん――」

「ああ、よかった。間に合った」

永吾は肩で息をしていた。よほど走ってきたようだ。しかし、いざ追いついてみるとなかなか言葉が出ないようだった。

代わりに香純が声をかける。

「わざわざこんな所まで来ていただいて、申し訳ありません」

「いや、構わないさ。どうしても話がしておきたかったから」

事件解決後、永吾に「話がしたい」と言われ、香純がこの場所を指定したのだ。彼の話が二人の間のことであることは明らかだった。

だが、永吾が話し出したのは別のことだった。

「例のカード詐欺事件だけど、無事立件されることになったから、一応報告しようと思って」

「よかった」

「うん。それとね、清水昇太郎についてだけど、捜査への協力する姿勢が評価されて、情状酌量の余地はありそうなんだ」

「佳乃さんのサポートがあれば、きっと立ち直れますね」

「ああ、俺もそうあって欲しいと思う。まあ、清水の場合、前もあるから実刑は免れないだろうけど」

仕事の話となると、二人の会話はスムーズに運んだ。昇太郎の扱いについては、永吾もかなり尽力してくれたらしい。香純としては、佳乃の夫に対する深い愛のためにも、彼のしてくれた行為に感謝した。

「いろいろと無理を言ってすみませんでした。ありがとうございます」

それきりで会話は途切れた。東京駅ホームの雑踏のなかで、男女は見つめ合ったまま、気まずい沈黙を耐えていた。

香純には最初からわかっていた。永吾は、なにも事件経過を報告するために駆けつけたのではない。それなら電話でも済むはずだ。なにより彼の目の奥に燃えたつ炎を見れば明らかだった。

だが、彼女は決して自分から切り出そうとはしなかった。

(彼には正体を知られてしまった。結ばれてはならない相手なんだ)

自分の中にも同じ炎が燃え盛っている。そのことを自覚しているからこそ、絶対に思いを口にしてはいけないのだ。

香純は思い切るように言った。

「じゃあ、そろそろ発車する時間なんで、失礼します」

「あ。そうか、すまん。すっかり引き留めちゃったね」

永吾は恐縮したように返した。だが、心の中にはまだわだかまりが残っている表情だった。

香純も気がついていた。しかし、あくまで気づかないふりをして、電車に乗り込もうとした。

その背中に永吾の呼びかける声がする。

「香純さん。俺、絶対に君の正体をバラしたりしないから」

「わかっています。永吾さんが、そんな人じゃないことくらい」

香純は振り向きもせず返事した。永吾は続ける。

「君の立場もわかっている。わかっているつもりだが……。忘れたくても忘れられないんだ。だから——帰ってきたら、また会えないだろうか」

それは、永吾なりの告白だったのだろう。

香純は背中に言葉を浴びながら、きつく唇を噛んだ。そして、不意に振り向くと笑顔を作って言った。

「ごめんなさい。永吾さんの気持ちはうれしいけれど、今は無理です。ごめんなさい」

本心とは裏腹に、香純は永吾の告白を断っていた。秘密を共有し合った仲であるだけに絆は深い。しかし、もしこのまま関係を続ければ、今回の事件のように永吾を危険に晒してしまいかねない。それだけは避けたかった。

やがてホームに場内アナウンスが流れ、新幹線のドアが閉ざされた。

車内の香純は座席へ向かった。ゆっくりと車両が動きはじめる。

(私も——私もあなたが好き。一瞬だけでも大好きでした)

捜査を通じて永吾と過ごした数日間が目まぐるしく蘇《よみがえ》る。彼の自宅マンションで肉体を重ねたことも、もちろん脳裏に焼きついている。

しかし、香純はそのまま電車に乗り込んだ。

「さようなら、永吾さん」

最後の別れの言葉は、永吾には届かなかっただろう。彼女は車内に入るまで一度も振り向かなかった。振り向けば、一気に心が折れてしまいそうだったからだ。

座席に着くと、香純は背もたれに体を預けて目をつぶった。

さまざまな思いが去来する。だが、彼女が守るべきはこの国の安寧《あんねい》であり、一子相伝のくノ一として生きていくことだ。生まれ故郷がその基本を改めて思い出させてくれるだろう。


(了)

長編小説

淫術捜査《いんじゅつそうさ》

丘原《おかはら》 昇《のぼる》

2018年2月26日　初版第一刷発行

ブックデザイン……………………… 橋元浩明(sowhat.Inc.)

発行人……………………………………………後藤明信
発行所…………………………………株式会社竹書房
〒102-0072　東京都千代田区飯田橋2－7－3
電話　03-3264-1576（代表）
03-3234-6301（編集）
http://www.takeshobo.co.jp
印刷・製本……………………………凸版印刷株式会社

ISBN978-4-8019-1386-8　C0193